# Food
# Delivery
# Murder

## 外賣殺人事件

點子出版
IDEA PUBLICATION

## CONTENT PAGE

# Food Delivery Murder
## 外賣殺人事件

FAST PACED 搜尋

外賣殺人事件

Food Delivery Murder

FAST PACED搜尋

烈日當空下的墳場入口，身後傳來一陣急速腳步聲，轉頭一看，一個二十來歲的男子提着兩個大大的外賣紙袋，快步向我與媽媽趨近。

我看到他穿着外賣平台 Fast Paced 的外賣員制服，怯了一怯，拉媽媽過一旁，他快步越過我與媽媽。

他身上的汗水飄揚空中，再滴滴嗒嗒掉在地上，我生怕被他的汗水沾到雙腳，神經質地往後輕輕跳開。

媽媽留意到我緊張萬分的表情，再看看那 Fast Paced 的外賣員，便問我：「加兒，你冇事吖嘛？」

我搖搖頭。「冇事呀。」

「你係咪諗返之前啲嘢呀？過咗去就由得佢過去，諗得太多對身體唔好㗎。」

「嗯。」我隨口回應，其實那事我還放不下。

Fast Paced 的介面，以白色配上置中的紫紅色圓型商標暗花作為底色，十分奪目。我不太懂藝術設計，總之看着就覺得很舒服。應用方面，則與其他外賣平台無異，只要設定送餐地址及在搜索欄輸入食物種類，程式就會透過 GPS 找出附近的相關食肆清

單，一目了然，讓顧客從中選購食物，然後外賣員會按照地址把食物送上。

外賣平台市場已經接近飽和，掀起一場又一場的運費減價戰，為了突圍而出，Fast Paced 便推出「頻頻送」服務，為顧客送祭品到墳頭，大至整隻乳豬，小至一碗白飯，無不包攬，荒野墳地及偏僻的骨灰龕也按時送達，被外間謔稱「墳墳送」。「頻頻送」在清明節前一個月推出，訂單便每天以幾何級數攀升，其他外賣公司馬上跟風，但 Fast Paced 早着先機，不到半年已成為外賣祭品龍頭。

在電話代勞生活大小事的世代，人類天生的惰性放得更大，動動指頭就可完成的事，就打死不會動動雙腿，最好應用程式懂得讀取人的思想，連動動腦筋也省卻。

年過七十的媽媽是傳統女性，抗拒所有新興事物，要不是我半騙半哄她安裝通訊應用程式——「唔裝通訊 App 就搵唔到親戚朋友」，她就連智能電話都不會用。

我倆步入墳場，四周張貼不同外賣平台應用程式的「祭品外賣服務」宣傳海報。

「連拜祭嘅嘢都叫外賣，俾啲先人知道真係嬲到彈起。」提着兩大袋祭品的媽媽喃喃道。

　　我曾經也是 Fast Paced 的忠實用家，甚至到達沒有平台就不吃飯的地步，但我至今已接近一年沒有用，因為它給我的陰影太大，大得看見 Fast Paced 的外賣員也想吐，彷彿聞到中人欲嘔的血腥味。

　　我何時才可走出陰霾呢？

　　我們在爸爸及弟弟墳前拜祭時，遇到爸爸的故友和他的兒子。

　　「我哋又見面喇。」此時，一把熟悉的聲音響起，轉身看到一個年輕男子走近我。

　　九月的天氣悶熱得像身處蒸籠，令我汗流浹背，但年輕男子的出現，彷彿令空氣跌至零度，渾身汗水結冰。我四肢冰冷，背脊發涼，幸好女人的動物本能反應叫我收緊全身肌肉，才不致放軟雙臂，否則後果不堪設想。

　　我很想向他提出疑問，但半個字也說不出口。我實在太過害怕。

　　「係咪嚇親你呀？」一身深灰色西裝的年輕男子尷尬地說。

　　怎……怎會這樣？他明明死了！

我下意識退了一步，差點撞到弟弟的墳墓。

「唔好意思呀。」他面露微笑，笑得很詭異，我雙腿發軟，跪了下來，腦中閃過一年前的經歷。

一段有關外賣的經歷。

充滿血腥和詭計的可怕經歷！

那件事之後，我不敢再用外賣平台。

我不想成為下一個受害者。

那次經歷發生在一年前，那天是 2024 年 9 月 8 日，星期日。

鬼鬼祟祟從員工通道離開酒店的我，隨即被悶熱感籠罩，呼吸困難。下午七時微暗的天空抹上一片橙紅色，看來快要下雨。這種天氣本應留在室內吹冷氣，但我心情非常不安，需要到酒店尋找慰藉對象。

他靈巧的雙手、濕潤的嘴巴、如烈焰的體溫與磁性的甜言蜜語，令我置身極樂，獲得瞬間安寧。

　　明知這一切溫柔都建築在金錢之上，全是虛情假意，但那又如何，我享受就是了。

　　我坐上的士，從位處西營盤的酒店往九龍出發。進入西隧時，我看到入口上方的外賣平台 Fast Paced 的大型廣告牌，白色底色，右方以紫紅色展示程式名稱及圓型商標，左方是代言男藝人半身肖像。他拿着 Fast Paced 的食物盒，微微仰首，閉起雙眼，一副「享用美食分外滿足」的得意表情。

　　Fast Paced 是簡明集團旗下品牌。簡明集團由寂寂無名的小型公司，到近年得到巨大資金後，發展成薄有名氣的企業，炙手可熱。

　　那代言人名叫郭鳴，電視藝人，接近四十歲，高大俊俏，外型討好，惟早年星運不佳，演出機會不多，是那種在街上也不太會被人認出的「奀星」，不過一件桃色事件令他得到廣泛關注。

　　桃色事件主角是他的圈外前女友，記者拍她到與一名男子在街上的親熱片段。片段在網上公開後，旋即成為全城熱話，點擊率壓倒當紅男團在同一天新推出的 MV。喜歡以八卦事件作為娛樂的人，都期待郭鳴的即時回應，可是他卻閉口不言。

　　到了第三天，郭鳴才在電視台的安排下回應記者。他受訪時十分冷靜，露出恰到好處的禮貌微笑，表示很快便沒有生氣的感

覺，然後是一連串維護前女友的言論。當被問到會否跟女方分手，他只是回答：「我仲有工作喺身，其他嘅嘢我想遲啲先處理。」

不消一小時，訪問片段的點擊率已超越前女友出軌片段，不少網民留言「勸」他「綠帽要除得快」，更多是贊許他沒有怪責女友，心胸廣闊，是絕世好男人，而之後越來越多的留言是「郭鳴不紅，天理不容」。

我工作繁忙，沒有空閒也沒有興趣關注娛樂新聞，更別說浪費時間追星，唯獨特別注意郭鳴演出的劇集及消息。

郭鳴是有名的「天然呆」，一副不諳世事的傻瓜模樣，但他應對傳媒的表現卻忽然如此大方得體，出人意表。我肯定他成熟的應對不是「忽然」，而是早有設計，可能是電視台的公關教他，或者他根本就是一直裝傻其實攻於心計的公關大師，把握機會博取觀眾好感。

我管不得郭鳴綠帽脫得快不快或者不紅就天理不容，只關心這次「公關表演」之後他肯定會迅速爆紅，所以已經鎖定他當我公司的新樓盤代言人，挽回公司形象。我看人一向很準。

我是中型地產發展商貝官集團的行政總裁，公司除了因「地產商等於無良」的刻板印象而與奸詐、萬惡、無恥、恃勢凌人扯上關係，亦一直受到與黑幫勾結，以不正當手段收地的傳聞困擾。

我向公司主席即是爸爸提出向郭鳴招手，他只說公司一向沒有用明星代言的傳統，又苦口婆心地說：「加兒，個明星仔啲虛火嚟啫，等佢真係紅咗先算啦。」

我三十七歲，由二十幾歲開始在地產界打滾至今，在同業中已薄有名氣，但在爸爸眼中，我還只是個從沒遇過真正風浪的小女孩。我一直都以無比努力博取爸爸認同。

後來，郭鳴如我所料人氣急升，不單穩坐二線位置，亦受電影公司邀請擔任戲份不多的小角色。

不久，他與新任女朋友結婚。太太懷孕後，他利用社交分享將為人父的心情以及感激太太等等，慈父與愛妻形象令他更受歡迎，很快便受簡明集團邀請作 Fast Paced 的代言人。

可是，固執的爸爸還是不答應讓郭鳴當公司代言人，直到他幾個月前急病入院，我終於得到公司的大部份決策權。幸好我先斬後奏，暗中與郭鳴簽署代言人合約，否則開始染指房地產的簡明集團就會捷足先登，有風聲指簡明集團曾找過郭鳴當樓盤代言人。根據合約，郭鳴不可以當同類產品代言人。

的士駛出隧道，一個當眼的空廣告牌位置映入眼簾，第二天由郭鳴擔任代言人的新樓盤廣告將會裝上，我有種「成功爭取」的快感。

　　我在尖沙咀北京道一間潮州菜館前下車，保鑣團隊的主管宙哥及三個保鑣馬上迎上。他們都穿上整齊的黑色西裝，這個制服規格是爸爸的主意。我每次外出都有幾個送殯模樣的大漢跟隨，礙眼得很，為甚麼不可以穿得休閒一點呢？

　　保鑣宙哥五十多歲，粗眉大眼，高大結實，不怒自威，是爸爸招攬的前江湖人士，是他心腹。

　　「有咩正途解決唔到嘅嘢，就搵阿宙搞掂啦。」爸爸常跟我説。

　　保鑣宙哥對我恭恭敬敬，但從眉宇之間可見他對我極度不屑，因為若非我是爸爸的女兒，他不會忍受我這個無理取鬧的刁蠻大小姐。

　　「小姐，黃生到咗喇，喺入面等緊你。」保鑣宙哥説。

　　黃生是我世叔伯，我稱呼他黃叔叔。

　　「得喇。」我冷冷地拋下一句，大步走向菜館。保鑣宙哥走在我身前，三個保鑣貼在我身後，邊走邊左顧右盼。

　　「宙哥，叫你啲人企開少少，佢哋搞到我透唔到氣！」我非常不滿。

「唔好意思呀小姐。」保鑣宙哥向三個保鑣打個眼色,他們移開一呎。

「仲有呀,喺條街度唔好好似打仗咁啦,係咪慌死人唔知你哋係保鑣呀?你哋着到咁一睇就知係保鑣啦!唔該你哋下次同我出街唔好再着到去拜山咁,搞到我好樣衰呀!」我最愛穿鮮色衣服,也希望保鑣的服飾與我匹配。

我最近總是心浮氣躁,很小事就想罵人。

偌大的菜館平日門庭若市,此時卻沒有客人,只有我和黃叔叔的多個保鑣分布四周,肯定是黃叔叔因為要跟我談重要的事而包場,不想別人打擾。

保鑣宙哥引領我拐入曲折長廊,來到貴賓包廂,待我進入後他就關上門,在外守候,包廂中只有我和黃叔叔。

「加兒,坐吖。」黃叔叔坐在十二人圓形餐桌後,用煙斗指向身旁的座位,示意我坐在他身旁。他患有痛風,長期拿拐杖,雖然年過七十,但精神矍鑠,思路清晰,說話條理分明。

他是爸爸同鄉,年青時與爸爸一同從內地偷渡來港,來港後爸爸先發跡,創立小型地產發展公司,黃叔叔當他助手,後來自立門戶也進軍地產市場,成立黃冊集團。至今,黃叔叔的公司已

頗具規模，但遠不及爸爸的公司。

爸爸有今日的成就，除了他高超的生意觸覺，也因為黑白兩道都有「朋友」，幫他解決不少問題。

「黃叔叔。」我先向黃叔叔打招呼才坐下，爸爸一直教我要對長輩有禮貌。

「今日唔使返公司咩？」他打量我身上的便服。

「我今日休息。」我隱瞞了去酒店尋求慰藉的事。

「工作狂都會休息？」他吐出一口煙，點點頭，「嗯，都係嘅，你細佬單嘢搞到你咁煩，要唞返下喇。」

「細佬嘅事真係唔該晒你。」

弟弟早上當街打人後被捕，我想找爸爸的律師保釋，但律師電話打不通，後來才打聽到他剛好去了美國，大概已在飛機上，我便親自去警署保釋弟弟，但警方以弟弟有多次前科為由拒絕，幸得黃叔叔的律師出面才可保釋。至於為何他出面就成功，我也不便多問，或許是黃叔叔如爸爸一樣，黑白兩道都有些「朋友」。

當時，弟弟離開警署後向我說：「如果唔係阿 Kurt 唔喺香港，

我唔會求你，啲保釋金我會慢慢還返畀你。」

弟弟聲稱 Kurt 是他最好的朋友，我很多次想跟他說 Kurt 信不過，但我知道一開口弟弟就會翻臉，怪我污衊他的朋友，所以我就算了。若非為了爸爸，我也不會照顧既不尊重人又玩物喪志的弟弟。弟弟二十三歲，但天真如十三歲。

「我都冇叫你還錢，做乜同我講啲咁嘅嘢呀？我話晒都係你家姐呀！」我沒有好氣地向壯碩的他說。

弟弟沒有理我，身高一米九的他好不容易鑽入的士離開。

爸爸起我的名字「加兒」，有想添男丁的意頭，最終如願以償，老來得子，高興得大排筵席。

「唔使唔該，唔保佢出嚟，咁佢就要喺差館四十八個鐘，對你對我都唔係好事啦，係咪？」黃叔叔拿起酒瓶，想為我倒酒。

「唔使客氣喇，我唔飲酒。」我伸手示意不需要。

「做咩呀？戒咗酒咩？人人都叫你酒笪箕喎。」

酒笪箕是甚麼意思？形容酒量好嗎？黃叔叔總是滿口上一代「潮語」，聽到我一頭霧水。

「唔係,有啲唔舒服啫。」其實我已經一段日子沒有喝酒。

「係喎,你面色唔係幾好,係咪擔心你細佬嘅事呀?定係擔心松哥呀?」他口中的松哥是我爸爸貝青松。

我只是「嗯」一聲,其實我真的有點不舒服,經常作嘔。

「唔好咁擔心啦,飲杯茶先。」桌上有幾杯用鐵觀音泡的工夫茶。

「我飲水得喇。」我為自己倒了一杯水。

「食啲嘢先啦,你都肚餓喇。」黃叔叔點了滿桌食物,有大半是肉類。

我近來吃得很清淡,聞到肉味加上一室煙味,不禁倒胃,連水也不想喝,我又剛好在酒店吃了點生日蛋糕,但見他吃得津津有味便吃了一點,不想掃興。

「自從松哥去咗美國醫病,我哋都好耐冇坐埋一齊食飯喇,松哥情況點呀?」以往我們兩家人會間中聚餐,與他單獨吃飯還是第一次。

「醫生話唔太樂觀。我喺加拿大搵咗個癌症專家去同佢做手術,聽晚會到醫院,我聽朝會飛去美國陪阿爸。」主診醫生估計爸爸

最多只有三個月命，要盡快做手術。

「個專家信唔信得過㗎？我都識啲醫生，可以介紹你識。」

　　媽媽也問過類似「信唔信得過」的問題。那專家由我親自接見，深入討論過爸爸的手術該如何進行，絕對信得過，而且在重賞之下，他一定不會令我失望。

　　黃叔叔敲敲自己的膝蓋，又說：「唉，最衰我隻腳唔聽使吖，唔可以舟車勞頓，如果唔係我都好想去睇下松哥，佢係我大恩人，記得啱啱嚟香港嗰時同佢喺碼頭做咕喱，有班飛仔嚟到喊打喊殺，又話放火，話我哋老闆爭佢哋大佬錢唔還，見人就打，松哥幫我擋咗一棍，打到個頭流晒蚊飯……講起都六十年前嘅事喇。仲有呀，佢鼓勵我搞地產，話香港地做地產先有得發達，好彩我聽佢講咋……」

　　黃叔叔每次見面都想當年一番，而且內容一樣，我真的不想再聽，但他是長輩，必須尊重，不可以打斷他。

　　他憶述完畢，遞給我一個紙袋，裡面是兩罐鐵觀音茶葉。「你幫我帶去畀松哥吖，之前返鄉下探親買嘅，擺咗喺屋企唔記得拎畀佢，跟住佢又去咗美國，都冇機會畀佢。年紀大，冇記性，都係時候退休。啊，係喎，掛住傾偈，都唔記得講正經嘢㗎，老囉老囉。」

他說到「正經嘢」，我以為他終於入正題，但他又自顧自吃了起來，無暇說話。他不說，只好由我打破沉默。

「黃叔叔，你喺鄉下有冇見過阿爸啲朋友呀？」我也沒有提「正經嘢」，只想引他這個長輩來開口。根據他和爸爸堅守的父權觀念，我作為女人又是後輩，不應該主動帶起重要話題。

「松哥嗰邊冇乜朋友喎，有都死得七七八八啦，你想搵邊個呀？」爸爸八十七歲，比黃叔叔大十年有多。

「阿爸間書房有幅書法，下款係『任竹修』，你識唔識佢呀？聽阿爸講，係一個同鄉朋友送嘅。」

那書法為十四個大字：「千磨萬擊還堅勁，任爾東西南北風」，字體秀麗得來筆力遒勁，氣魄宏大，看得熱血沸騰。我想找這位書法家寫一幅書法：「待到秋來九月八，我花開後百花殺」。這是一首唐詩的頭兩句，是初戀男朋友告訴我的。

他眼神閃爍一下。「任竹修……冇聽過喎，我哋條村附近姓貝姓黃姓張都有，就係冇姓任，我記得細個嗰陣，貝家村發生咗件事……」他頓了一頓，呷了一口茶，我打算「洗耳恭聽」他會喋喋不休細數家鄉軼事，誰知他卻突然帶入正題，「都係講返正經嘢先。」

　　我以為他會談我倆籌備數月的合作計劃——這是我們會面的主要目的，他卻問我有沒有男朋友。

「我有冇男朋友關你咩事呀？」我不禁心想。

「未有住。」但我只敢這樣說。

「咁就啱喇，」他拿出電話，給我看幾張照片，「佢係我個仔，四十七歲，一直住喺鄉下。」

「冇聽你提過你有個仔嘅？」黃叔叔正室以外有很多女人，但他一副「外父相」，生了四個都是女兒，想不到有個兒子。

「係我同個『小姐』喺外面生嘅，你黃姨姨唔知㗎，你知佢幾要面㗎啦，我點玩都好，總之唔好同啲唔三唔四嘅女人搞埋就得，不過你黃姨姨都去咗幾年，咪諗住叫個仔嚟接手我啲生意囉。你覺得佢點呀？」

「唔……幾老實吖。」黃叔叔的兒子起碼二百磅，笑起來面頰的肥肉把雙眼擠成兩條橫線。

「你都覺得佢老實哩，」黃叔叔滿意地笑，「搵老公最緊要就係老實，好似我咁爛滾就唔好啦。佢早幾日嚟咗香港，依家住喺我度，遲啲等我同你啲嘢搞掂晒，我帶你同佢見下面。」

他大概沒有聽過「男人靓唔靓仔都風流，點解唔揀靓仔？」我雖然是中女，不過懂得保養又一副娃娃臉，很多人都以為我不到三十歲，他兒子四十七歲卻像五十七歲，怎配得起我？加上我有錢，任何年紀的俊男都唾手可得。

「唔好意思呀黃叔叔，我暫時未諗結婚住，我想搞好公司啲生意先，不如遲啲先講吖。」

「仲遲啲？你都三十幾歲啦，加兒，你咪話黃叔叔多事吖，做女人最緊要係咩呀？係有頭家呀！喺屋企照顧老公仔女，做生意呢啲嘢係男人嘅責任㗎。黃叔叔睇住你大，都想你幸福㗎嘛。」

我對他的「女人幸福論」極度反感，女人為甚麼一定要相夫教子？而且他想我嫁給他兒子，說穿了就是一場「生意婚姻」，他一直想與爸爸的公司合併，聯手對抗香港幾間大地產商龍頭，爭奪下年幾塊新地皮，在商言商，我認同黃叔叔的計劃，也向他表示過合併是最理想做法，但爸爸的看法是，他的公司規模比黃叔叔大，合併公司會有虧蝕，更怕萬一他死了，黃叔叔會逐步操控公司。

「你咪睇老黃份人平時冇乜嘢，其實好蠱惑㗎，食咗你都未知呀！」爸爸曾經警告我。

同時，爸爸向來公私分明，生意上就算是最要好的朋友也不

會讓步，何況是他眼中「好蠱惑」的黃叔叔。

不過，要是我成為黃叔叔的新抱，爸爸就是親家，「自己人」就好商量，同時黃叔叔深知說服我比說服爸爸容易，所以向我埋手。

「你阿爸死牛一面頸，都係你識諗啩。」黃叔叔曾經暗中跟我說。

雖然我不喜歡黃叔叔批評爸爸，但他說的話我無從反駁。

我成長時，爸爸日理萬機，但每天總會抽時間陪我，跟我玩耍、說故事、來我的畢業禮，我生病時寧可不上班，抱我哄我，擔心得茶飯不思。

陪伴就是愛的最佳證明。

我經歷過多場戀愛，但沒有一個男人願意在我身上花時間。爸爸是我世上最信任最尊敬的男人，他對我的愛沒有其他男人可比。偏偏，我長大後為事業拼搏，連跟爸爸吃一頓飯的時間也不肯付出，獨自躲在辦公室吃外賣，外賣平台成為我的必需品，到爸爸生病了我才後悔，想對他好一些，卻只能眼睜睜看他日漸消瘦，天天受苦，我又甚麼都做不了。

「你阿爸與其咁樣等死，不如早啲去好過喇。」媽媽曾經淚流滿

面地説。

她很有道理，但我與她就是捨不得。

我唯一可以做的，就是壯大他的地產王國、聽從他不合併的意願，我希望爸爸就算有天離世也可瞑目。吊詭的是，要令公司更上一層樓，暫時唯一的選擇就是與黃叔叔的公司合併。

我很兩難。

「有啲嘢我本來都唔想講⋯⋯」黃叔叔一口喝掉一杯工夫茶，「我有個伙記見過你去西營盤嗰間酒店⋯⋯有陣時悶悶地搵個男人陪下都無可厚非，我後生嗰時都成日玩女人，不過玩到咁上下都要諗下幾時安定落嚟，搵主好人家。」

我經常出入的酒店私密度高，是名人的尋歡勝地。

「我諗你個伙記睇錯，我冇去過。」我矢口否認。

「點都好啦，你都咁嘅年紀，都玩夠㗎喇，係時候生返個仔，再唔生就冇機會生㗎喇。」

我本想回答「你可以放心」，不過還是不答為妙。

我們邊吃邊談，主要是黃叔叔大快朵頤，期間我幾次忍不住去廁所嘔吐，把吃下的都全部吐出。

經過一輪吃喝，黃叔叔才說到我與他的合作計劃。

他與我談到晚上八時二十五分左右，我坐上自己的房車後座，由保鑣宙哥駕車，一部坐滿保鑣的車從後跟隨。開往我在西貢的住所途中，我想起爸爸的病況，飲泣起來，哭得累了，不久就睡着。

夢中，我回到 2006 年在洛杉磯留學時與初戀男朋友一起的日子。我在美國的生活很沉悶，經常到戲院看電影，一天在戲院大堂想着看甚麼電影時，芸芸美國電影海報中竟發現中文字，我很出奇，又看到三個熟悉的華人面孔：周潤發、周杰倫和鞏俐，電影名稱是《滿城盡帶黃金甲》。

「香港人？」身邊傳來磁性的男聲，他說廣東話。

我一看他便心跳加速，他俊朗的外表令我窒息。

「嗯。」我暗暗深呼吸。

「我都係香港人，」他拿出兩張戲票，「你想唔想睇呢部戲呀？我朋友有事嚟唔到，我請你睇吖。」

「冇所謂呀，」我外表冷靜，其實心如鹿撞，「不如我畀返錢你吖。」

「唔使啦，睇完戲你請我食飯咪得囉。」

「個戲名咁怪嘅……滿城盡帶黃金甲，好鬼『娘』呀。」

「個戲名係出自一首唐詩：待到秋來九月八，我花開後百花殺，沖天香陣透長安，滿城盡帶黃金甲。」

「嘩，你讀文學㗎？」

「唔係，咁啱聽過又記得啫，可能我九月八號生日嘛，雖然『待到秋來九月八』係講緊舊曆。」

「唔知部戲好唔睇呢？」

「唔知呀，不過是但啦，我過嚟讀戲劇短 Course，就算係爛片都照睇，當學下嘢。」

　　之後，我們慢慢由看電影的伴侶變成親密伴侶，不過到了他生日前一天，他跟我說要回港和女朋友慶祝生日。他從來沒有提過他有女朋友。

我不可以接受這種不倫關係，我的初戀就這樣結束。

那時我還不夠野心，換着是現在的我，我會搶走他。

以後我每次拍拖都想起他，以及那句很合我心意的「我花開後百花殺」。

我只要我的花盛開，其他花都要死。

飢餓感把我從夢境拉回現實。我最近一時沒有胃口，一時很開胃。我打開 Fast Paced 選購食物，此時一個熟悉的來電顯示彈出，是早上我去過的警署。

「我係警署打嚟嘅，請問你係咪貝文虎嘅家姐貝加兒呀？」一把女聲從另一頭傳來。

貝文虎是我弟弟的名字，他有嚴重暴力傾向，動不動就發狂打人，難道剛保釋出來又犯事？看來這次他鐵定要扣留四十八小時，真頭痛。

「我係。」我一邊回答，一邊想着掛線後要馬上通知黃叔叔，叫他找律師，弟弟絕對不可以被扣留四十八小時！

可是對方不是叫我去保釋他，而是到警署錄取口供。

三十分鐘前發現弟弟的屍體。

　　警署內，警察説弟弟倒臥在葵涌大連排道中成工業大廈地下入口外的行人路，初步懷疑是從他七樓的工作室墮下。他問弟弟最近有沒有向我表示有不愉快的事，這樣問是因為弟弟有事想不開而跳樓自殺？

　　我回答沒有，因為我不懂回答，他的私生活我幾乎一無所知。

　　弟弟不會主動跟我説話。

　　警察再問，弟弟最近有沒有和人結怨。結怨？他不是自殺嗎？

　　「我唔清楚……」我想了一會又説，「會唔會係陳卓紹報仇呢？」

　　陳卓紹就是早上被弟弟打傷的人。他在弟弟成立的搖滾樂隊擔任低音結他手，而弟弟口中的好朋友 Kurt 是主音兼節奏結他手，弟弟是主音結他手兼作曲填詞，鼓手暫時懸空，那工作室同時是他們的錄音室。

　　「呢個警方會查㗎喇。」警察説。

「咁我細佬究竟係自殺定係畀人殺死呀？」

「我暫時答你唔到住⋯⋯可能會安排你聽日去認屍，我哋有消息會通知你。」

之後警察問了我很多弟弟的事，我把知道的都答了，但知道的不多。

離開警署已經接近晚上十時，我打開電話一看，有多條未讀的即時新聞通知，都是有關弟弟的死訊，以及多個爸爸及黃叔叔的未接來電。他們應該都知道了弟弟身亡的消息。

上車後，我叫保鑣宙哥送我回家，途中我先打電話給爸爸，但打很多次他都沒有接聽，我便打給在美國陪伴他的媽媽。

「阿爸呢？」我問。

「佢知道阿虎死咗，猛話要返香港，佢行都行唔到，返乜鬼嘢吖，跟住佢叫我出病房，自己一個人留喺裡面，都唔知佢做乜。係呀，你搵嗰個幫你阿爸做手術嘅專家，醫院話打咗幾次電話搵佢，想問佢幾時到，但係冇人聽，唔知咩事呢？」

「我一陣搵下佢啦，如果阿爸方便你叫佢打畀我啦，佢搵過我幾次。」

然後我打電話給黃叔叔，他問我警方有沒有找過我。我詳細交代警察的問題及口供的細節，他沉默了好一會，沉重地呼吸，好像在思考甚麼，不一會就叫我先回家休息。

　　我打給那加拿大的醫生，他的電話無人接聽。

　　掛線後，我望出車廂，看到荃灣港鐵站。「宙哥，做乜嚟咗荃灣嘅？」

　　「去接一個人。」保鑣宙哥説。

　　「接咩人呀？我咪叫咗你車我返西貢囉，你聽唔到呀？」

　　「係貝生吩咐嘅。」

　　我馬上語塞。爸爸的權威凌駕一切，他要做的事從來沒有人可以違背，我也不例外。

　　「咁可唔可以話我知去邊呀？」

　　「到喇。」

　　房車停在一幢唐樓前，外牆掛有私家偵探招牌，一個五十多歲的大叔一手拿着手提電腦袋，一手拿着紙袋，身旁是四個穿黑

西裝的保鑣。

　　大叔步伐緩慢，走到房車外邊向我點頭，我打開車窗打量，認出是和爸爸長期合作的私家偵探。我在公司見過他五次，五次都是爸爸遇到從正途解決不到的問題，而其後都迎刃而解。

　　他是爸爸在黑白兩道以外的第三把刀。

　　私家偵探每次出現都是西裝革履，頭髮梳理得一絲不苟，一派英國紳士風範，這夜卻穿着便服，花白的頭髮有點凌亂，看來是突然被召喚出來。召喚他的人當然是爸爸。

「貝小姐，好耐冇見，我今日咁嘅樣，真係失禮晒。」他尷尬一笑。

「偵探先生，上車先講吖。」保鑣宙哥催促他。

　　私家偵探快步上了副駕駛座後，保鑣宙哥馬上開車。

「貝小姐，我嗌咗份蛋治，你食唔食啲呀？」私家偵探轉身拿起紙袋。

「你自己唔食？」

「我食咗晚飯，未餓住。」

不餓又買三文治？真奇怪。我正好餓得發昏，老實不客氣接過紙袋，撕開貼在袋口的 Fast Paced 封口貼紙，取出食物。

「唔該畀返個紙袋我吖，我有用。」他拿回紙袋，小心翼翼地用指甲挑起留在袋上的貼紙邊緣，再慢慢掀起，結果貼紙的上下層完全分開，下層留在袋上。

　　這是 Fast Paced 封口貼紙的設計，確保外賣在送達客人之前沒有人開封過食物，讓客人安心。

「原來一撳就爛。」私家偵探說。

「你想要返張貼紙呀？」我把三文治塞入口中。

「唔係，想做個實驗啫。」他把紙袋放入電腦袋，同時取出手提電腦。

「做咩實驗呀？」

　　他笑了一下，沒有回答，埋首手提電腦。我好奇地伸頸一看，他在查閱多頁類似履歷表的資料，每篇都附有照片。

「偵探先生，我哋去邊呀？同埋我哋跟住去做啲乜嘢呀？」我問私家偵探。

他看得很入神，幾秒後方反應過來。「我都唔知去邊，貝生只係吩咐要你同我去一個地方，而去做啲乜嘢，貝生話會親自同你講。」

爸爸的處事方式是每個為他效力的人，只需要各司其職，職責以外的事一律不許過問，為免同一人知道太多內幕而出賣他，而我是例外，不過這次連我都不知道他的下一步。

房車駛入大欖隧道，晚上十一時左右在元朗一個住宅大廈建築地盤內停下，方圓一公里都是空置土地。

這是我找郭鳴作代言人的新樓盤地盤。

地盤圍牆內燈光微弱，矇矓中只見還未粉飾外牆的三十層高大廈，彷彿一幢由水泥堆砌出的灰色巨型怪物。晚風令圍在外牆的帆布獵獵作響，陰森感倍增。

此處停泊了十多部小型貨客車，旁邊都站着一個穿黑色西裝的保鑣，另外有十個穿便服的男人站在一起。

私家偵探下車，保鑣宙哥叫我留在車內。私家偵探走向那些便服男人，逐一交頭接耳，雖看不清楚他們的表情，但從身體語言可見各人都非常用心，像在接收私家偵探的重要指示。

之後，那些便服男人各自上了一部客貨車，由不同保鑣駕車送走，私家偵探則由兩個保鑣一左一右陪同，步入設置在大廈外牆的施工吊籠電梯。電梯一路攀升，周圍實在太暗，不知道他們停在哪一層。

此時，保鑣宙哥打了一個電話，說完「所有嘢都準備好」就交電話給我。

「加兒，我係阿爸呀。」另一邊爸爸用對小孩說話的語氣說。

「阿爸……」聽到爸爸虛弱的聲線，我心很痛，忍不住像小女孩般大哭出來。

「我知你擔心我，乖，唔好喊住，我有啲嘢要你幫手，跟住落嚟我同你講嘅嘢你要聽清楚呀。」

他的聲音極度微弱，要忍住呼吸才可聽到。一般人五分鐘可說完的話，因他中途多次需要休息回氣，足足說了十五分鐘。最後，爸爸吩咐我一切都要聽保鑣宙哥的指示，而他亦會與我寸步不離。

然後，保鑣宙哥帶領我進入吊籠電梯，他按下頂層三十樓。電梯緩緩上升，地面的東西慢慢變小，我的不安感漸漸變大。爸爸給我的任務極度匪夷所思，而且非常凶險。

電梯經過二十九樓，從吊籠電梯的鐵絲網望出，空蕩蕩的樓層內有十多個保鑣站在不同位置，他們身旁都有一個一立方米左右大小的鐵籠，暗黃的燈光下可見幾個籠內都有東西。

我驚訝得不禁「啊」了一聲。鐵籠內的是人，身體屈曲，被黑布袋蒙頭。

「點解要咁樣對佢哋呀？」我激動地問。

我以為保鑣宙哥不會回答，但他卻輕描淡寫地說：「以防佢哋逃走。」

爸爸說，這些籠中人都是私家偵探「邀請」來的，為甚麼要防止他們逃走？還是其實他們是被抓來的？

到了三十樓，燈光也如二十九樓般昏暗，電梯門打開後由保鑣宙哥引路，地面很多沙石，幸好我近來都不穿高跟鞋，改穿平底鞋。

我從小就個子不高，看到其他女生如模特兒的身形就非常羨慕，甚至有點自卑，所以家中清一色是高跟鞋或厚底鞋，這對平底鞋買了才幾個月。

向前走了半分鐘，到了樓層中央，前方有一塊由天花吊到地

下非常厚實的大黑布,完全擋住前方,他伸手撥開黑布中間的一道縫,叫我先進去,他隨後跟上。進去後,外邊的聲音完全隔絕,靜得耳朵嗡嗡作響。

黑布後沒有半點光,除了一處的天花有一盞聚光燈照在地上,形成一個直徑約兩米的大光圈,光圈中心有一張木椅。

私家偵探隨後進入,捧着手提電腦。「你哋嚟得時間啱啱好,我檢查過下面啲人,齊晒,宙哥,我哋可以開始喇,麻煩你帶第一個涉事人上嚟。」

保鑣宙哥打開電筒,照向木椅前方六米的地方,那處有兩張木椅。

私家偵探走了過去,用手勢示意「請坐」。他很有風度地招呼我坐好,自己才坐下。整個過程,就如撥開影院的簾幕,按照帶位員的指示上座。

保鑣宙哥提着電筒離開黑布,四周回復一片漆黑,令光圈的光線格外刺眼。

「貝小姐,貝生係咪已經講咗界你知今晚嚟呢度嘅目的呢?」私家偵探問。

我點點頭，但想起黑暗中他看不到我的動作，便回答「係」。

爸爸說，他收到可靠消息，弟弟不是自殺，也不是死於意外，很大機會是被謀殺，便指示保鑣宙哥及私家偵探安排審問與案件有關的涉事人（這裡就是臨時搭成的「審問室」吧），查出誰是兇手，而其中的某涉事人可能就是兇手。

私家偵探初步只「邀請」到幾個涉事人（應該就是二十九樓的籠中人），但為了「與警察競賽」，其他未及「邀請」到來的相關人等，會在審問時逐一由其他保鑣帶回來（所以準備了那麼多鐵籠），以增取時間。全程由私家偵探審問，我不可插口，連半點聲音也不可以發出，我只需負責每次審問後，與私家偵探分析涉事人證供中涉及弟弟部份的真偽，因為我是弟弟唯一在港的親人。

「與警察競賽」，當然是爸爸要比警察早一步找到真兇，可能是要執行某種私刑或者「死刑」。

想到這裡我遍體生寒：保鑣宙哥會否在我面前「行刑」呢？

「趁涉事人未到，我簡單介紹一下關於審問嘅細節同程序，」私家偵探乾咳幾下，「呢個 setting 係我喺外國嘅情報機關學返嚟嘅，專門用嚟審問恐怖份子，呢度四邊圍都圍咗好厚嘅隔音黑布，唔會反光，審問時只有我哋睇到涉事人，佢哋睇唔到我哋，人喺

『我在明你在暗』嘅情況下，會產生出審問者有某種權威或絕對權力嘅錯覺，而會不自覺咁講真話。仲有，到時佢哋唔會俾人綁住，俾對方只係『協助調查』嘅感覺，減低對方戒心，咁就更加容易套到佢講嘢。」

聽到這裡，我忍不住插話：「等陣先，涉事人係咪會坐喺對面張凳度㗎？」

「冇錯。」

「咁萬一其中一個涉事人係真兇，佢撲上嚟咁點呀？」

「你可以放心，宙哥會保障我哋嘅安全。」

我不是不相信保鑣宙哥，只是一個人為了保命，就算是女人發起難來也隨時「萬夫莫敵」！況且四周如此漆黑，保鑣宙哥看不到我，如何保護我？

「請問你個電話有冇校到接收即時新聞嘅通知呢？」私家偵探問我，「我想不時留意下警方有冇公布貝文虎先生案件嘅消息。」

「有呀，你冇帶電話咩？」

「我交咗畀宙哥保管，部電腦又上唔到網。」

　　我知道「保管」只是說得好聽一點，實際上是「沒收」，爸爸多半是不想私家偵探暗中紀錄審問過程，以免日留有證據。這是爸爸的一貫作風，他不相信任何人。私家偵探的手提電腦在審問後也應該會被保鑣宙哥帶走。

　　我用手機看新聞，各大傳媒都預告「警方將於凌晨一時召開記者會，交代葵涌墮樓事件調查進展」。

　　此時是十一時四十分。保鑣宙哥和私家偵探在弟弟死後三小時左右，已經設置好審問室及找到涉事人，爸爸辦事能力之高令我嘆為觀止。也令我畏懼。

　　私家偵探打開手提電腦，給我看第一個涉事人的個人資料及照片，也包括一些關於他的新聞報道、通話紀錄等。那人工作的公司我很熟悉，因為我是忠實顧客。

「我帶咗第一個涉事人嚟，可唔可以入嚟呀？」黑布外保鑣宙哥問。

　　私家偵探同意後合上電腦。保鑣宙哥帶了那人進來，叫他坐在光圈中的椅子，掀去他的頭套後便走到我身旁。

　　那涉事人穿着制服。

外賣殺人事件

Food Delivery Murder

FAST PACED搜尋

「任生，多謝你參加呢次嘅會面，一陣我問乜你就如實作答，明唔明白？」私家偵探向那人說。

　　他姓任，Fast Paced 外賣員，二十五歲，身形瘦削但十分結實，高挺的鼻樑為平凡的樣貌加了不少分。

「你哋係咩人呀？點解捉我返嚟呀？」外賣員原本四處張望，一聽到黑暗中有人說話便注視私家偵探的方向。

「你唔需要知道我哋係邊個，只需要回答問題。」

「答咩問題呀？你哋係咪搞錯咗啲咩呀？係咪標錯參呀？」

「任生，我哋冇搞錯，我哋要搵嘅人就係你。我講多次，你只需要回答問題，明唔明白？」

「但係我連你哋係咩人都未知喎⋯⋯」

「你可以選擇唔答，但係我要警告你，一切後果由你自己負責。」

　　他拒絕回答會有甚麼後果呢？

　　外賣員大概不想也不敢負責「一切後果」，便軟化下來。「咁我答完你哋係咪會放我走呀？」

「係，我開始問你問題。你認唔認識貝文虎先生？」

「邊個嚟㗎，我唔識佢㗎。」

「就係八點半左右喺葵涌大連排道中成工業大廈墮樓嘅男人。」

「哦，跳樓嗰個人，我有送過外賣畀佢，但係我唔識佢㗎。」

「根據你嘅外賣 App 紀錄，你三個月內送餐去中成工業大廈總共八十四次，最近一次係今晚七點四十五分，單位係七樓 6C，即係貝文虎先生嘅工作室，而你就送過餐去呢個單位二十四次，你見過貝文虎先生咁多次，點解會唔識佢？」

「我送完就走，唔會同客傾偈。」

「打下招呼都冇？」

「我好多嘢送㗎，邊度得閒打招呼呀，有時忙起上嚟通知咗個客啲嘢到咗，就咁掛喺門柄就走，有啲客連樣都未見過呀，仲要驚部電單車俾人抄牌，仲唔即刻走人咩。」

　　我都遇過很多外賣員把食物放在辦公室外就離開，很不專業。

「任生，我諗你記錯喇，等我提下你。根據你個外賣 App 同電話

GPS 紀錄，上星期日夜晚十點十三分，你送過外賣去貝文虎先生
嘅工作室，到十點三十八分先離開大廈，而呢個時段呢幢大廈只
係收到一個 Order，即係你喺大廈度逗留咗二十五分鐘，點解咁
耐先走？你唔驚俾人抄牌咩？」

「通常咁夜都冇人抄牌，咁咪慢慢嚟囉。」

「慢極都唔使二十五分鐘啩。」

「我記得喇，嗰日我食錯嘢肚痛，入去工作室借廁所。」

「你肯定？」

「肯定呀。」

「不過我可以好肯定咁同你講，你記錯咗。七樓 6C 係由原本嘅 6
號室劏做 ABC 三間，劏開之前廁所喺 A 室，所以 B 同 C 室嘅租
戶要用廁所，就要去樓梯口嘅共用廁所。」

「咁可能我記錯咗喇。」

「咁唔該你好好地諗下，你嗰日有冇入去工作室。」私家偵探的
語氣還是保持溫柔，但暗藏着咄咄逼人。

「我⋯⋯」外賣員雙腳用力踏了幾下，顯得非常緊張，「我唔講得㗎，講咗我死梗㗎！」

「我保證你講嘅嘢唔會有第三個人知。」

　　怎會「唔會有第三個人知」？保鑣宙哥就是第三個人，加上我就是第四個。

「嗰日貝文虎先生叫我入去⋯⋯叫我幫佢帶貨。」

「帶咩貨？」

「K仔。」

「係咪即係毒品？」

「係⋯⋯求下你，千祈唔好爆畀警察知呀！」

「點解佢會搵你帶貨？」

「其實⋯⋯我一直都有同佢有傾偈⋯⋯」

「傾帶貨啲嘢？」

「幾個月前我第一次送嘢食畀佢嗰陣，見到工作室埲牆掛住幾支結他，又貼咗 Nirvana 嘅海報，我都鍾意彈結他，所以咪同佢講下音樂，又順便彈下佢啲結他，之後一有時間都會入去坐下。」

「你仲未講點解佢會搵你帶貨喎。」

「⋯⋯有一次我送餐畀佢，佢話佢間中會索 K，本來個拆家自己搵人送 K 仔畀阿虎，不過佢呢排俾警察盯得好緊，唔敢出貨，阿虎咪叫我去交收囉，話貪我生面口。求下你唔好講出去呀。」

「你叫貝文虎先生做阿虎，你哋應該幾熟喎。」

「又唔算話熟，熟客囉，我本來叫佢貝生，但係佢話唔鍾意佢自己個姓，要我叫佢做阿虎。」

「咁佢有冇畀返報酬你？」

「佢話每次畀二千，不過我帶咗四次貨，佢淨係畀過兩次錢，話爭住先。」

「咁邊個畀貨你？」

「駒哥。」

「深水埗個駒哥？」

「嗯。」

「頭先你講嘅 Nirvana 係咩嚟㗎？」

「係一隊幾十年前嘅美國樂隊，好多玩 Band 嘅人都鍾意玩佢哋啲歌。」

「除咗音樂同帶貨，你哋仲傾過啲乜？例如佢有冇同你講過心事，有啲乜嘢唔開心，或者有冇同人有仇之類？」

「佢話過同女朋友感情唔係好穩定，仲有提過下唔鍾意阿爸同家姐，不過冇講點解唔鍾意，一次都冇提過佢阿媽，仲有佢話寫啲歌冇人識欣賞，好唔開心，所以間唔中索 K 減壓。」

　　我一直以為弟弟只是不知長進，竟然還墮落到吸毒，真是無藥可救！不過沒關係，反正他都死了，只希望爸爸永遠不知道弟弟的不良行為，那麼弟弟還是他心中那個「一時迷失」的乖兒子。

「咁你識唔識佢女朋友？」

「喺工作室見過一、兩次，叫 Purple。」

「Purple 係個點樣嘅人？」

「廿幾歲，着到好少布，幾索嘅，不過好港女，成身名牌，對阿虎呼呼喝喝，又話唔想次次都食外賣，又話要去巴黎買袋。」

「點解貝文虎先生次次都叫外賣？」

「冇錢唶，佢次次叫啲嘢都係卅蚊到，本來唔夠八十蚊要畀運費，不過佢係頭一百個登記會員，所以免運費。」

「宙哥，麻煩你。」私家偵探説。

保鑣宙哥步入光圈，他已戴上一副如小型望遠鏡的「眼鏡」，我在爸爸的書房中見過，他説過這是在夜間觀鳥時用的夜視鏡。

他拿出電話對着外賣員。

「任生，你睇下佢係咪貝生嘅女朋友。」私家偵探説。

外賣員掃了幾下電話屏幕。「係佢喇。」

「你個外賣 App 紀錄顯示，你今日六點半去咗葵涌嘅新都會廣場、葵涌廣場同新葵芳花園送餐，當時你部電單車泊咗喺邊？」

「泊咗喺葵芳港鐵站個垃圾站附近。」

「你送完餐係喺七點十六分,下一站就係去貝文虎先生個工作室,預定時間係七點半,但係你七點四十五分先送到,但係由葵芳港鐵站去工作室,揸電單車去唔使十分鐘,中間嗰十五分鐘你去咗邊?」

「去咗油站入油,個油站喺工作室附近。」

「睇返你電話嘅通訊紀錄,你入油嘅時候冇搵過貝文虎先生,你明知會遲到點解唔通知佢一聲呢?」

「我諗住遲少少唔使通知,我又識得佢,佢唔會怪我嘅。」

　　私家偵探不用看着資料就可以記得所有時間地點,記憶力真驚人。

「咁你頭先有冇帶貨畀貝文虎先生呀?」

「帶咗少少。」

「你離開中成工業大廈大約幾點?」

「八點左右。」

「離開嘅時候有冇喺大廈入面見過啲咩人？」

「今日係星期日，冇人返工，成幢大廈得我一個，仲有坐喺大廈門口個看更阿伯，我入去同出嚟都有同佢打招呼。之後冇Order，就去咗隔籬大廈嘅便利店玩住電話等Order，等咗一陣都係冇Order，就返咗去我住嘅賓館。」

「你住邊度？」

「北角昭然賓館。」

「係咪我哋頭先請你返嚟嗰間月租賓館呀？」

「係呀。」

「我入過去 Fast Paced 個招聘網頁睇過，外賣員可以自選工作地點，咁點解唔喺附近送餐，要去到葵涌咁遠呢？」

「公司話北角暫時冇位，問我做唔做葵涌條 Line，有位再調我過去北角，我等錢使咁咪做住先囉。」

「我喺你銀包度搵到幾張冷氣工程公司嘅卡片，上面係你個名，點解要轉行做外賣？」

「間公司係我開嘅，之前有啲師傅幫手，都開咗幾年喇喇，不過生意唔係咁好，跟住得返我一個人做，之後撞啱前幾年疫情，做做下連生意都冇，咪轉行囉。其實間工程公司原本喺廣州開嘅，點知開咗冇耐就封城，諗住執笠，好彩有個行家話喺香港有大單，就叫我嚟香港一齊做，不過之後都係做唔住。」

「點解又做唔住呀？」

外賣員嘆了一口氣。「有次同個有錢佬間別墅裝冷氣，佢老婆話唔見咗幾盒口罩，一知我喺大陸過嚟，就一口咬定話『一定係你呢個死大陸仔偷』，其實我香港出世㗎，不過好細個返大陸住。之後佢周圍唱我話我係賊，咪冇人搵我囉。」

「我睇過關於你嘅報道，因為呢件事你俾警察拉咗，判咗七日監，緩刑一年，罰咗三千蚊，但係個控罪唔係盜竊，而係傷人，點解呀？」

「我話我冇偷口罩，個女人唔信，要搜我個袋，我費事同佢嘈咪諗住走囉，佢就扲住我件衫唔畀我走，我好細力咁掏開佢，佢就報警屈我打佢！」

「你喺香港出世，點解會返大陸住呢？」

「我老豆好早死咗，得阿媽一個湊大我，好窮，後尾阿媽帶我返

佢鄉下住，搵啲親戚接濟，後來啲親戚覺得我哋霸飲霸食，當正我哋乞兒，避開我哋，好彩阿媽有個舊同學借錢同畀地方我哋住，咁先捱到幾年……」

「之後呢？」

「其實呢啲係我私事，可唔可以唔講？」

「貝文虎先生出咗事，你嘅事就唔再係你嘅事。」

「咁我嘅事就唔再係我嘅事呀，都唔知你講乜。」

「你明唔明都好，請你講落去。」

　　外賣員頓了一頓才說：「個舊同學本來有老婆，後尾離婚，跟住就有人講閒話，話我阿媽係小三，我係油瓶仔。我唔想阿媽受氣，所以好細個就出嚟打工養阿媽。」

　　外賣員說完滿眼怒火，激動地喘氣。

「貝文虎先生死咗，你有啲咩感受呀？」

「雖然同佢唔係好熟，不過相識一場又係熟客，都有啲難過嘅。」

「乜唔係開心咩?」

「我點解會開心呀?」

「你唔想再捱窮,所以當你知道貝文虎先生係有錢人,就故意埋佢身搵着數。」私家偵探淡淡地説。

外賣員登時呆了半晌。「你唔好亂講喎,我識佢嗰陣唔知佢係有錢仔,係佢死咗之後睇新聞先知咋。」

弟弟死後被記者火速起底,查出他是爸爸的兒子。很少人知道二人關係,因為弟弟一直與爸爸劃清界線,爸爸也沒有向外界透露有兒子。

「貝文虎先生睇穿你嘅目的,然後笑你窮、笑你大陸仔,話你攞着數,令你諗返起俾人冤枉同喺鄉下嘅醜事,所以你好嬲,嬲到推佢落樓,係咪?」

外賣員就是兇手?

「你講乜L嘢呀!」他暴跳如雷,緊握雙拳,「你唔好屈我呀!」

「任生,多謝你嘅合作,宙哥,麻煩你帶任生落去。」

「你係咩L嘢人呀！做乜屌我呀！阿虎咁高大我點推佢落樓呀！」

此時，兩個穿黑西裝的保鑣從黑暗中快步走出，左右挾着外賣員。他們也戴上夜視鏡。我吃了一驚，原來除了我、私家偵探、保鑣宙哥及外賣員，還有其他人。

黑暗中還有其他人嗎？

「等等，我仲有嘢講，」私家偵探説，「任生，你嘅計劃我已經知道晒，希望我哋再見面嘅時候你會自己講出嚟，我諗你都唔想有事。」

外賣員聽到私家偵探的話，暴怒的面容漸漸變成惶恐，懇求道：「先生，新聞都講咗啦，係阿虎自己跳樓嘅，你信我啦，真係唔關我事㗎。」

「唔關你事，咁關邊個事呀？」

「咩關邊個事呀？」

「關邊個事你自己先知，我畀啲時間你諗下，希望你記得返貝文虎先生係點樣墮樓嘅。」私家偵探説完，便叫保鑣帶走外賣員。

審問完畢，我才發覺我雙手原來一直緊握，有點發麻，雖然

沒有動刀動槍，但私家偵探步步進迫，外賣員且戰且退，我彷彿看了炮火連天的戰爭片，驚險萬分。

「偵探先生，我想休息幾分鐘，一陣先叫第二個人上嚟。」我向私家偵探說。

「我都有啲嘢想問咗你先，」我聽到私家偵探站起的聲音，「貝小姐，麻煩你跟我過嚟。」

　　他帶我到光圈之中。我環顧四周一片黑暗，而自己被看得清清楚楚，如同赤裸，不安、焦慮、煩躁、緊張、畏懼即時湧上心頭，可以想像到外賣員受審時的壓力。

　　我急不及待問他怎樣知道外賣員就是兇手，私家偵探面上閃過一絲狡猾：「我都想快啲搵到兇手，如果唔係俾警察快一步，都唔知點同貝生交代。」

「咁即係你唔知個外賣仔係咪兇手？」

「我暫時未知，其實我只係趁佢咁激動拋下佢，通常人喺唔理智嘅時候好易唔小心講真話。我之後都會用類似嘅方法審問。」

　　私家偵探翻開一本我剛才沒有見過的小型筆記簿，上面密密麻麻寫滿了字，原來他一邊審問一邊紀錄重點。他這種在黑暗中

寫字的技能，令我想起初戀男朋友在戲院看電影時記下劇情、導演手法及演員演出細節，作為日後演戲的參考。

他看了一遍筆記，問我：「頭先任生提到有關貝文虎先生嘅嘢，同真實情形有冇出入呀？」

「佢提到 Nirvana 張海報，我有啲印象……」我用電話搜尋 Nirvana，很快便找到那海報：一個赤裸的男嬰在水中張開雙臂，游向飄浮在前方的美鈔，鈔票的一端被魚勾勾住，大概是有人在水上以鈔票引誘男嬰上釣，而左下角印有「Nirvana/Nevermind」字樣。

私家偵探看了一眼。「張海報有幾大張？」

我雙手比劃出約七十五公分闊、一米長的長方形。「我只係上過去工作室一次，唔知有冇記錯。」

「咁都幾大張下，工作室三百幾呎，內籠四四方方，我估計門口同埲牆嘅距離十七、八呎，任生睇到都合理。」

私家偵探正要在筆記簿上刪去「Nirvana 海報」一欄，我估計是排除外賣員有否謊稱因見到海報而與弟弟攀談。

「等陣先！」我猛然想起海報張貼的位置。

　　我向私家偵探描述工作室的布置：對着門口的牆上掛上幾支結他（與外賣員説的吻合），牆邊有一張工作桌，放有電腦及一些音響設備，這個區域佔了工作室約一半，另一半在工作室右邊，是有隔音設備的錄音室，海報貼在練錄音室門上。

「個外賣仔喺門口應該見唔到張海報，除非佢伸個頭入去望。」我説。

　　私家偵探點一點頭，在「Nirvana 海報」一欄打上星號後問我：「任生提到貝文虎先生話佢同你同貝青松先生關係唔係咁好，有冇咁嘅事呢？」

「嗯。」

　　私家偵探沒有追問詳情，可能是怕我尷尬，但就算他追問我也不想回答。

　　他又問我認不認識弟弟的女朋友及是否知道他有吸毒，我都表示不知道。

「你覺得細佬嘅死，同佢女朋友有冇關係呢？」我問。

　　他得到我的批准後，在我電話的社交媒體找出弟弟女朋友 Purple 的帳號。她有超過二十個最近發放的限時動態，紀錄了從

Deliver

前一天早上到一分鐘前在巴黎的活動。從字裡行間可知，她正與一個富有的男子享受着奢華旅程以及日夜瘋狂購物。

　　正如外賣員描述，她的「港女味」濃厚。雖然我極度討厭男人動不動就以「港女」污衊女性，但除了這兩個字，我真的想不出其他形容詞來形容 Purple。

「我覺得機會唔大，」私家偵探說，「一來佢有不在場證據，二來殺人動機不外乎錢同感情，但係佢同第二個男人咁高調去旅行，即係唔介意俾貝文虎先生知，佢哋嘅感情應該麻麻，更有可能係已經分手；至於錢，假設 Purple 知道貝文虎先生係有錢人，問佢攞錢，但貝文虎先生拒絕，所以就買兇殺人……但係咁好唔合理，佢殺咗人更加攞唔到錢，點解唔放長線釣大魚呢？更何況，Purple 都未必知貝文虎先生嘅背景。」

　　我同意殺人動機多數與錢財及感情有關，但有少數情況不是，例如是出於愛。

「我想問一個問題，點解佢會講咁多私人嘢畀我哋知嘅？」我問，「佢嘅嘢同細佬嘅死完全無關，照計佢唔講都得啦。」

「可能係呢啲往事一直積壓喺個心度，佢唔小心咁發洩咗出嚟，亦有可能係佢嘅計謀。我之前研究過一啲案例，好多犯咗重罪嘅罪犯，一俾人拘捕就一輪嘴講自己可憐嘅身世，佢哋事後寫回憶

錄都不約而同咁承認，一早已經諗定一旦俾人捉住就講到自己有幾慘得幾慘，塑造弱者嘅形象，同埋犯罪都係因為受童年嘅不幸遭遇所影響，上到庭可以博法官同情。任生講得咁有條理，似係一早背定稿，而佢又三番四次講大話，呢個人真係好可疑。」

可是外賣員萬萬想不到非但博取不到私家偵探同情，反被「冤枉」殺人。

「你意思係佢預咗俾人捉？」

私家偵探點頭。「不過佢當然唔會預知我哋會捉佢返嚟啦，而係預咗俾警察捉，所以我先覺得佢有古怪，先拋佢話知道佢嘅計劃，嚇一嚇佢，等佢不打自招。」

「佢話佢八點左右離開大廈，有冇可能佢講大話，其實係留到八點半，殺咗我細佬先走呢？可唔可以睇下大廈嘅 CCTV 呢？」

「我查過佢電話嘅 GPS，佢晏晝的確係去過深水埗，我估係去搵駒哥攞 K 仔，之後去送餐、去油站、去便利店再返北角，GPS 上嘅時間都好準確，當然佢可能唔只一部電話或者有同黨，所以你講嘅嘢都有可能。至於 CCTV，貝文虎先生墮樓之後，警察好快封鎖咗棟大廈，條片都應該俾警察攞走埋，要查有啲難度。」

「阿爸既然收到消息知道細佬係俾人殺死，咁即係話界消息佢嘅

人有辦法攞到 CCTV 條片啦。」

「第二啲細 Case 可能得,但係呢單係謀殺,牽涉好多部門,情況比想像中複雜,不過我已經請咗大廈看更㗎,一陣可以問下佢任生幾點出嚟。」

「如果外賣仔真係兇手,佢動機係咩呢?」

「暫時唔夠料,答你唔到,當務之急係盡快搵到兇手,搵到兇手就自然問得到動機。」

　　此時黑布掀開,剛才在樓下與私家偵探交談的其中一個便服男人走近,私家偵探在筆記簿寫了幾行字交給他,同時他給私家偵探一個公文袋。他離開後,私家偵探說那些便服男人是自己的助手,幫他在外調查,調查所得會交給他。

　　私家偵探打開公文袋,取出一張紙,紙上寫的字十分潦草,亦有一些奇怪符號,我完全看不懂,相信是他們為了保密而設定「溝通密碼」。

　　看畢,他皺一皺眉。

「咩事呀?」我好奇地問。

「唔好意思，我暫時唔講得，一陣會畀你知，」他的眉頭鎖得更緊，
「總之就有啲棘手。」

外賣殺人事件

Food Delivery Murder

FAST PACED搜尋

　　第二個涉事人頭套一掀開，便「啊」地叫了出來。「喂，搞咩呀？」

「高生，多謝你參加呢次嘅會面，一陣我問你乜你就如實作答，明唔明白？」私家偵探以同樣的開場白向光圈中的涉事人說。

　　他就是弟弟原本想叫來保釋自己的好友 Kurt。他二十四歲，在弟弟的樂隊擔任主音兼節奏結他手，走路時總是駝着背，嘴臉輕浮，令人生厭。

「你哋做乜夾我返嚟呀？」他害怕得全身縮起，「係咪追債呀？」

「我哋唔係嚟追債，只係想問你一啲問題，答完就會放你走。」

「問咩呀？」

「想向你了解下貝文虎先生墮樓嘅事。」

「你係差佬呀？頭先我咪落咗口供囉。」

「我哋都唔係警察，我係受人所託調查貝文虎先生嘅事，你答完我嘅問題就可以走。」

「你係私家偵探？邊個派你嚟㗎？阿虎個家姐定係老豆呀？」

「高生，我係邊個你唔需要知道，你答我問題就得，仲有，你唔好講返同口供一模一樣嘅嘢，你都唔好諗住講大話，因為我會查到，我唔希望對你使用暴力，明唔明白？」

「明白喇，你問啦，」私家偵探的恐嚇即時見效，Kurt 馬上正襟危坐，一副有問必答的模樣，「其實你有嘢查咪搵佢家姐囉，我乜都唔知㗎。」

「你當時就喺案發現場，我諗你最清楚佢係點樣俾人殺死嘅。」

　　根據私家偵探找到的資料，在弟弟墮樓前後，Kurt 都與他共處一室。

「吓，阿虎唔係自殺㗎咩？唔怪得個差佬幫我落口供嗰陣個樣唔知點咁啦，咪住先，你唔係懷疑我殺佢呀？佢係我個 Best friend 㗎喇。」

「我冇話係你殺，係想你講返當時你所見到嘅情況。根據你畀警方嘅口供，你係夜晚七點四十分左右上去工作室，你上去做咩呀？」

「約咗條女上去搞嘢。」

「點解唔同你女朋友去你屋企或者時鐘酒店？」

067

「佢唔係我女朋友，係援交妹嚟。我同我阿嬤住，又有個工人，費事返屋企啦。最近唔知做乜間間時鐘都爆晒，我間唔中趁阿虎出去做 Part time 就會約啲女上去，我頭先咪就係約咗個援交妹上去。除咗夾歌我好少上去，平時得阿虎一個人。」

「嗰個女仔叫咩名呀？」

「我淨係知佢叫細卷咋。」

「你喺邊度識佢㗎？」

「上個禮拜六夜晚七、八點喺間 Bar 度識嘅，我見佢幾好波，個樣 OK，就想即刻上佢，價錢都傾好㗎喇，不過佢已經咗幾個客，到十一點之後先有時間，但我第二日要去馬拉成個禮拜出 Show，趕住返屋企執嘢，今日先返到香港，一落機就約佢上工作室。點知一上到去，見到阿虎坐喺電腦前面作歌，明明佢話今晚要去酒吧幫人彈結他。我同佢講本來約咗條女，但見佢喺度我唔係幾好意思，諗住走，但係阿虎話冇所謂，唔好咁嘈就得。我次次都喺錄音室搞，有隔音，幾大聲都嘈唔到佢。」

「你知唔知點解貝文虎先生冇去酒吧彈結他？」

「佢話美國有間唱片公司突然 Call 佢，話上網聽過佢啲歌，覺得幾好，個監製嚟開香港，想順便見下佢同聽下佢啲 Demo，咁佢

就推咗份 Job 整 Demo。」

「邊間唱片公司呀？」

「阿虎話 Lithium Music 喎，都唔知係咪嘅。」

「有唱片公司搵貝文虎先生，有咩問題呀？」

「Lithium Music 咁有名氣，冇理由會搵佢囉，可能係佢家姐幫佢啦，有錢人做咩都方便啲。」

　　我沒有幫過弟弟，就算我肯，Lithium Music 的母公司是美國大企業，財力雄厚，非常制度化，不是隨便收買得到。

「你覺得貝文虎先生嘅歌有咩問題？」

「佢啲歌外行人咪覺得勁囉，我哋一聽就知都係左抄右抄啦，講真有邊個創作人唔係左抄右抄吖，但係阿虎咁多嘢唔抄，抄 Nirvana，要抄都唔好抄隊咁出名吖⋯⋯我突然間諗起，我去馬拉出 Show 嗰陣撞到 Lithium Music 個監製，傾咗兩句，佢話跟住會返美國，冇提過話嚟香港，阿虎九成 High 大咗，以為人哋好欣賞佢。」

「我睇過佢喺 Social media 啲 Post 同 Story，好多都有提到你，

話你係佢最好嘅朋友,點解你哋會咁老友?」

「可能我哋啱嘴形我又成日幫佢啩,佢成日揀 Job 做,冇乜錢剩,間工作室啲租都係我幫佢交嘅。」

「你應該知道佢係貝官集團貝青松先生個仔,佢又點會冇錢呀?」

「阿虎好憎佢老豆,話佢老豆對佢阿媽唔好,一個禮拜先返屋企兩日,佢又鬼死咁有骨氣,唔肯要佢老豆同家姐啲錢,所以窮到燶,咁我咪畀錢佢使囉。」

「既然你哋咁好朋友,點解你 Social media 嘅私人 Account 啲 Post,一個都冇提過佢?」

　　Kurt 面露尷尬。「咁費事人哋話我黐埋個有錢仔度搵着數啦。」

「但係以我所知,喺佢墮樓之前,冇乜人知道佢嘅背景。」

「係咩?咁……咁都唔好啦,我諗總會有啲人知道啩。」

「定係你根本冇當過佢係你嘅朋友,而係另有目的?」

「咩目的呀?」

「今年 1 月 26 號，貝文虎先生 Post 咗張相，話啱啱識到個志同道合嘅朋友，即係你，張相係你哋兩個喺間 Bar 門口影嘅，有冇印象？」

「有⋯⋯有啲印象。」他的語氣有點不肯定。

「你哋嗰時去酒吧做咩？」

「間 Bar 係我個 Friend 個老豆開嘅，我喺度做駐場歌手，即係有 Live band 專唱埋啲我阿爺年代嘅歌，懷高級咁呃啲鬼佬鬼婆嚟飲嘢嗰啲 Bar。我個 Friend 個老豆知我失業好耐，住開嗰間劏房就嚟冇錢交租，咪借間 Bar 個閣樓畀我瞓囉。住咗一個禮拜左右，即係⋯⋯1 月 26 號，我另一個 Friend 阿紹話帶阿虎嚟屈一晚蛇。」

「阿紹係咪即係你哋隊 Band 嘅 Bass 手陳卓紹呀？」

他點一點頭。「咁跟住我同阿虎吹水，講講下佢就撩我夾 Band，我見佢窮到要屈蛇，邊有咁多多餘錢夾 Band 吖，但係佢就越講越有火，我俾佢感動到，我咁啱識個鼓佬，加埋阿紹彈 Bass，就提議一齊喺酒吧做住先，再求老闆俾阿虎喺度住，一齊儲錢。」

「我喺你電話搵到一張煤氣按金單，你喺今年三月搬咗去灣仔，

點解要搬屋呀？」

「我嗰時接到單大 Job，賺到啲錢就搵個好少少嘅地方住，冇再住喺酒吧嘅閣樓。」

「你自己住？」

「同阿嫲，佢本來住喺老人院。」

「點解你阿嫲住得好地地要接走佢呀？」

「一啲都唔好！老人院啲姑娘當住我面都 X 我阿嫲，背住我都唔知會點對佢，我請個工人睇住佢唔好！」

「你話『搵個好少少嘅地方』，以我所知唔單只好少少，喺香港嚟講算係豪宅。」

「係呀，不過係租嘅啫。」

「就算係租，嗰度嘅租金、水電煤連埋工人人工，一個月要使成四、五萬，咁睇嚟你單大 Job 搵唔少喎。」

「過得去啦。」

「點解你呢半年嚟淨係 Post 你喼喼去馬拉出 Show 啲相，你單大 Job 啲相呢？」

「我唔記得 Post，諗住遲啲先。」

　　聽 Kurt 説到這裡，我差點要衝過去摑他一巴，他竟然把謊言説得像真話的一樣！Kurt 根本沒有接到「大 Job」。三月爸爸病情惡化，我去過那酒吧找弟弟，想勸他探望爸爸，但他拒絕，我就是在那時我認識 Kurt。那些「大 Job」的錢，是我給他的！

「咁你幾時先知貝文虎先生嘅家庭背景呢？」

「四、五月左右啦，佢飲大咗同我講嘅。」

「知道之後你有啲咩反應？」

「冇咩反應呀，咪又係咁。」

「貝文虎先生除咗同你講第二日要見監製，仲講過啲乜？」

「佢話睇到佢條女同個有錢仔去巴黎玩，今朝就嬲到約阿紹出嚟，打咗佢一鑊，腳都斷埋，入咗廠，阿虎就俾差佬拉咗，我未返到香港，佢就叫佢家姐保佢出嚟。」

「佢女朋友同第二個一齊，咁為乜要打陳卓紹先生呢？」

「佢本來係阿虎條女，識咗阿紹之後就發晒姣，我係女都姣阿紹啦，成個韓仔咁款，後尾條女飛咗阿虎，同阿紹一齊。阿虎知道嗰時已經想郁阿紹，但係懶偉大咁話：『我唔想為咗條女傷咗兄弟和氣，但係俾我知道你對佢唔住，我實唔放過你』，仲話以後冇兄弟做。我食過咁多女，一睇就知條女淫底啦，黐埋去咪遲早戴綠帽，為咗佢反面好戇 X 囉。」

「你講嘅女仔係咪叫 Purple？」

「就係佢囉。」

「照你咁講，貝文虎先生同陳卓紹先生嘅感情好好，係咪？」

「佢哋好 Friend 㗎，讀小學已經識，阿紹仲好似幫阿虎頂過罪，守過行為，阿虎之後都好關照佢，阿紹俾人恰佢都會出頭，有一次阿虎為咗佢俾人打到瞓咗成個月醫院。」

「咁如果我話，陳卓紹先生因為俾貝文虎先生打，所以報仇，你覺得有冇可能？」

「冇可能！」Kurt 斬釘截鐵，「次次阿虎發火要打人，阿紹都勸交，就好似啱啱搞隊 Band 冇耐，個鼓佬話阿虎成日唔跟 Beat，

阿虎咁唔索咗 K，發晒癲衝過去想打佢，佢狼起上嚟殺人都有份，我就嚇到縮埋一邊，點知阿紹勇到擋住佢，鼓佬先走得甩。」

　　這件事 Kurt 跟我說過。鼓手走後，弟弟踢破整套爵士鼓及喇叭出氣，總值十多萬。

「咁除咗貝文虎先生，仲有邊個有工作室嘅鎖匙呀？」

「我同阿紹囉，但係阿虎有冇配界其他人，我就唔知喇。」

「咁你知唔知今晚有人送外賣去工作室呀？」

「知，我上去冇耐就有人撳鐘，我認得個外賣仔，做 Fast Paced 嘅，之前入嚟同阿虎吹水。」

「係咪任爾東？」

「係啩，阿虎叫佢阿東。」

　　私家偵探叫一個保鑣給 Kurt 看從他身上搜出扣在一起的兩條鎖匙，叫他確認是否工作室鎖匙。

「係吖。」Kurt 說。

「點解會有兩條鎖匙？」

「一條開工作室，一條開大廈後門。」

「外賣員送完外賣之後，有冇入去工作室？」

「冇喎，佢將啲嘢食交畀阿虎之後就急急腳走咗。」

「咁之前外賣員去工作室同貝文虎先生做過啲乜？」

「講下音樂、彈下結他，不過上兩個禮拜個冷氣唔夠凍，個外賣仔就去 Check，跟住話要換雪種，佢話佢之前幫人整冷氣，可以搞掂，但係要第二日先得閒，阿虎就叫我借鎖匙畀個外賣仔，因為我同阿虎第二日都有嘢做，唔會返工作室。」

「佢有冇還返畀你？」

「有，咪頭先你畀我睇嗰兩條囉。」

　　莫非是外賣員偷偷配了一套鎖匙，離開後折返殺了弟弟？

「外賣員走咗之後幾耐，個援交女仔先到？」

「本來約咗八點半，但係我食飽之後突然眼瞓到 X 街，咁咪入錄

音室瞌陣，我同阿虎講，條女一到就叫醒我⋯⋯」

「等陣先，啲嘢食唔係貝文虎先生叫㗎咩，點解你會食咗？」

「肚餓吖嘛，阿虎又話未餓住，我咪食囉，佢索K都飽啦⋯⋯」

「佢當時有吸毒？」

「有，嗯，講明先，啲K仔唔係我㗎，係佢自己嘅，佢不嬲都有呢鋪癮。」

「咁你知唔知啲毒品係邊個界佢㗎？」

「唔知喎，我冇問呀⋯⋯我記得佢索K之前扯開個包裝袋，我估係新貨。」

「你瞓到幾點？」

「八點七、八個字，一睇電話，有成七、八個援交妹啲未接來電同Message，佢話佢已經到咗門口，再唔開門就走，我咪嗲嗲聲出去囉，一打開錄音室道門，見到啲嘢亂晒，阿虎唔喺度，個窗又無啦啦打開咗，又聽到啲條街有警車聲，我伸個頭出窗睇，有條友攤咗喺地下、有幾部警車、救護車同勁多差佬。然後有人敲門，一開門見到兩個差佬，佢哋話幾分鐘前有人墮樓，想入嚟查

下。我心諗都唔使點查，條友肯定係阿虎，跟住我就返咗差館落口供。」

「你啱啱上去嗰陣，個窗有冇打開到？」

「大熱天時梗係開冷氣啦，點會開窗呀……係喎，點解個窗會打開咗嘅？可能部冷氣壞咗啩，部機不嬲都神神地，所以阿虎先會開窗。」

「咁錄音室部冷氣有冇壞到？」

「又冇事喎，錄音室嗰部係分體機，出面嗰部係窗口機，一部壞咗都唔關另一部事。」

「你有冇發現工作室有貴重嘢唔見咗？」

「工作室都冇乜貴重嘢，除咗支限量版 Bass，講講下又好似唔多覺眼支 Bass 喎，唔通有人嚟老爆？」

「支 Bass 值幾錢㗎？」

「原價要十萬，最近炒到成廿萬，隨時要卅萬。」

「知道行情嘅人先會偷支 Bass，我咁講你同唔同意呀？」

「梗係啦，外行人係偷都偷部電腦啦。」

「即係換着係你呢個內行人，應該會偷支 Bass。」

「你咁講咩意思呀？你覺得係我殺咗阿虎再偷支 Bass 呀？我就算偷都唔會蠢到等阿虎喺度先偷啦。」

「你冇咁蠢，你只係估唔到貝文虎先生會喺度。睇返你訂機票嘅資料，你應該聽日先返香港，但係你知道今晚貝文虎先生有 Part time，所以提早一日返嚟偷支 Bass，點知一開門就見到佢，你就講大話，話約咗個女仔上去見面。」

「我提早返嚟係因為演唱會個歌手病咗，最尾嗰場 Cancel 咗我先提早返嚟，唔信你上網 Check 下吖。如果我要偷，一早就偷啦，使搞咁多嘢？」

「咁呢層就要你自己先知喇。」

「你咩意思呀？唔好屈得就屈喎！」

「你自己做過啲咩你自己知吖。」

「知你老味咩，你都黐線㗎！」

私家偵探分明又是在「拋人」,而 Kurt 明顯被「拋窒」,全身顫動。

Kurt 被送走後,我匆匆叫私家偵探到黑布外面,審問室很侷促,我有點難受。

「頭先你只係拋阿 Kurt 嘅,係咪?」我問。

「可以咁講,但又唔完全係,當我問佢有冇發現工作室有貴重嘢唔見咗時,佢就好不安,應該有啲嘢隱瞞。」

「其實我知道佢隱瞞緊啲乜!」

「你知道?」私家偵探雙眼發光,把筆尖貼在筆記簿上,準備紀錄我的話。

「佢根本就冇接過咩嘢大 Job,」我想起講大話不眨眼的 Kurt 就生氣,「啲錢係我畀佢嘅!」

我告訴私家偵探,今年三月爸爸病情惡化,我便打電話叫弟弟探望爸爸,怕爸爸捱不了多久,弟弟卻說要工作,沒有時間,叫我有事就去他工作的酒吧找他。他以為我不會主動去見他,因為他常說我看不起他音樂人的職業,但他錯了,為了爸爸我沒有所謂。

　　我第一次親眼看到弟弟用結他彈出優美的哀傷旋律，雖然我對音樂一竅不通，也深受感動。他彷彿透過弦線訴説着不愉快的童年經歷。

　　等他表演完畢，我幾乎是低聲下氣求他見爸爸，他卻斷然拒絕，走出酒吧抽煙，然後 Kurt 主動與我攀談。這是我初次見 Kurt。

「Hi，家姐，我係阿 Kurt，阿虎個 Friend。」他由頭到腳打量我。當天我穿着行政套裝，他猥瑣的眼神卻像看裸女。

「睇夠未呀，返去睇你阿媽啦！」我轉頭就走。

　　他擋在我身前。「唔好嬲啦……你矮就矮啲，不過都幾索，一時忍唔住啫。」他瞄一瞄在門外的弟弟。「家姐，我有啲嘢想同你斟斟，關於阿虎嘅。」

「唔該唔好叫我家姐，有咩就快啲講。」

「就咁嘅，阿虎想同我夾 Band，諗住搞間工作室，不過我哋喺度打工賺得嗰少少錢，劏房都租唔起，依家住喺酒吧閣樓度，唔知你方唔方便畀住十萬八萬阿虎救急呢？」

「畀細佬？哼，定係你想要呀？」我一眼看穿他。

「一樣啫，你都唔想阿虎成世屈喺閣樓啦，仲有呀，你睇下嗰邊，」他望向其中一桌的外籍女顧客，「個鬼婆撩過阿虎好多次話包佢，阿虎好有骨氣死都唔制，但係有骨氣都要食飯㗎，後尾阿虎窮到飯都冇錢開，佢條女又話要買袋，先終於同個鬼婆爆過幾次房。唔見個鬼婆一排最近又嚟返，十成想返嚟啦。話晒你哋貝家都有頭有面吖，阿虎做埋啲咁嘅嘢，傳咗出去就唔係幾好啦。」

「咁即係點呀？勒索我呀？」

「家姐，乜你咁講呀，我又冇話一定要你畀，我係怕影響你同你間公司咋，點呀，有冇得傾呀？」

「我冇嘢同你傾，」我指一指門外，「有四個保鑣係出面等我，使唔使我叫佢哋入嚟同你傾呀？」

　　一個保鑣見我指向他們，馬上入來問我是否有事，嚇得 Kurt 退了開去。

「哼，唔畀咪唔畀囉，唔使咁嘅！有保鑣大 L 晒呀？有錢大 L 晒呀？」他事敗後悻悻然說。

　　正當他轉身離開，我叫住他。我答應了 Kurt 的要求，不是因為相信他的鬼話，而是為了爸爸。爸爸經常叫我好好照顧弟弟。

我吩咐 Kurt 以接到大 Job 為由，用我每月給他的一萬元租工作室、五萬元「Job 錢」用以「接濟」弟弟，另外每月給 Kurt 一萬元作為「服務費」，裝修及添置器材的費用另計。

經過剛才的審問，Kurt 明顯私吞了大部份款項。

我說完，私家偵探便說：「照你咁講，阿 Kurt 話四、五月先知貝文虎先生嘅背景係假嘅，佢應該喺同你第一次見面之前就知道。」

「我覺得佢喺喺識我細佬就已經知。」弟弟四肢異常發達，而頭腦簡單得近乎白痴，多半一認識 Kurt 這個「知音人」就報出家世。

「不過，阿 Kurt 話接到大 Job 到話唔見咗支 Bass，中間隔咗成分鐘，佢不安嘅表現嚟得太遲，太唔合理。」

「咁即係話，你覺得佢真係為咗偷支 Bass 所以殺細佬？」

「要知道支 Bass 嘅去向先答到你，如果係阿 Kurt 偷嘅而又早有預謀嘅話，佢應該會即刻放出去，支 Bass 係限量版，應該唔難查。除咗支 Bass，工作室仲有冇貴重嘢？」

今年四月，Kurt 叫我上去工作室看被弟弟破壞後的爵士鼓及喇叭，就是弟弟與鼓手爭執後的傑作。Kurt 向我索取十萬元買新

的。離開工作室時，我看到電腦旁邊有一個拳頭大小的透明膠箱，我看了看裡面的東西一眼，沒有放在心上。

現在回想起來，這東西是隨時比低音結他更值錢的貴重物品。

我還想到，既然 Kurt 每個月都收我錢，為甚麼還要去馬來西亞工作？他這副德性，一定不會像弟弟那樣有夢想，為了「爭取演出機會」。他離開香港一定是某個計劃的其中一個部份。

我告訴私家偵探我的想法，他說出跟我同樣的結論。

**Kurt 跟外賣員都相當可疑！**

外賣殺人事件

Food Delivery Murder

FAST PACED搜尋

第三個涉事人是外賣員提過的毒品拆家深水埗駒哥，五十七歲。他身形乾瘦，像會走動的骷髏。他一進來，就聽到他頭套下的連連呵欠，打了一分鐘也沒有停下。

「駒哥，可以開始未？」私家偵探問。

鑒於之前兩個涉事人都糾纏於私家偵探是誰的問題，太浪費時間，保鑣宙哥便先在二十九樓告誡等候中的所有涉事人，不可過問審問者的身分，以及問甚麼就答甚麼，否則會受到暴力對待。

「問啦問啦，」駒哥打完最後一個長長的呵欠才說。一個保鑣掀起他的頭套，他眨了眨空洞的雙眼，環顧四周，「做乜黑灰灰呀，搞乜呀？」

「我係受人委託，請你嚟⋯⋯」

「喂，你把聲好L熟喎，哦，我記得喇，」駒哥激動地站起，「你就係十幾廿年前跟蹤過我嗰條茂利！仲未俾我啲馬仔打死咩？做乜捉我嚟呀？覆嘜呀？」

「坐返低！」駒哥身旁的保鑣喝令他。

之前兩個涉事人都沒有保鑣看守，看來駒哥是個麻煩人。

　　駒哥來這裡之前，私家偵探跟我說當年受人委託調查駒哥，在一次跟蹤他時被發現，駒哥身旁的手下一擁而上，把私家偵探打到半死，但他保證不會因為私人恩怨而對駒哥有偏見。

「搵人幫拖，正廢柴！係男人嘅就同我隻揪！縮頭烏龜！無膽匪類！」站立的駒哥被保鑣捏住肩膀，硬生生按回椅上。駒哥咬一咬牙，轉動幾下肩膀，應該被捏得很痛。

「我唔係搵你報仇，我係受人委託請你返嚟問你一啲問題。我想奉勸你一句，唔好再亂咁郁，有咩後果我唔敢包。」

「你仲撈緊私家偵探呀？不如跟我搵食好過啦。」駒哥怯於私家偵探的威脅，氣勢盡失，唯有佔口頭上的便宜。

　　他又打了幾個呵欠。「喂，大偵探，有冇 K 仔呀？整住啲嚟提下神先啦。」

「請你忍一忍，我只係問你少少嘢，好快放你走。」

「X，頂唔順喇！」

　　保鑣一拳揮在駒哥面上，他面頰登時紅腫起來，滿口鮮血，我掩面不敢看。

「有冇醒啲呀？」保鑣問駒哥。

「我醒你老母咩！」駒哥吐出鮮血。

「點呀，有冇醒啲呀？」保鑣舉起拳頭。

「嘩，仲嚟！」駒哥雙手護頭，「大家斯文人，講嘢咪講嘢囉，最L憎人郁手郁腳㗎喇！」

「你識唔識得任爾東先生呀？」私家偵探問。

「邊L個任爾東呀……哦，外賣仔阿東。」

「你同佢咩關係？」

「佢幫我帶貨嘅。」

「帶畀邊個？」

「你識唔識江湖規矩㗎大偵探，商業秘密嚟㗎，邊可以講㗎，」駒哥望一望怒目相向的保鑣，只好無奈說，「貝文虎，即係啱啱跳樓死咗嗰個。」

「你知唔知佢係貝青松先生個仔呀？」

「我都係睇新聞先知咋⋯⋯喂，你唔L係入我數呀？我知喇，佢老豆派你嚟嘅！佢個仔自己 High L 大咗跳樓咋喎，關我叉事咩？年中都唔知幾多咁嘅人啦，個 L 個都入我數我咪好 L 唔得閒？我冇搵支槍指住佢哋迫佢哋索㗎喎，啱唔啱先？有人買我咪賣囉，食煙仔夠有 Cancer 啦，咪一樣有人賣有人食⋯⋯」

他拭去流下來的鼻水，似是毒癮發作。「大偵探，整支煙仔嚟頂下癮好喎，我就嚟冧喇。」

得到私家偵探同意，保鑣微微掀開西裝外套，從內袋取出煙盒及打火機，拋到駒哥膝上。

駒哥往保鑣的西裝裡頭看了看。

「點解你咁多人唔搵，要搵外賣員幫你帶貨？」

「係阿虎叫我畀佢帶，佢係熟客仔，冇所謂啦。」駒哥點了煙，瘋狂地吸。

「冇所謂？你點知外賣員唔係警察啲針呀？」

「我行走江湖幾十年，邊個係針我會睇唔出？條友仔好鬼騰雞㗎，行路唔敢望人，我反而驚佢見到差佬會思思縮縮引人懷疑，衰咗累街坊，不過阿虎封咗封大利是畀我，話條友信得過，睇錢份上

先畀佢帶貨咋，之後見都冇出事咪繼續囉。」

「你啲貨點樣包裝？」

「咪用部封口機封住個細透明膠袋，一包包咁送出去，個個都係咁做㗎啦。」

「你會唔會落手包？」

「唔會，我淨係負責收錢。」

「咁貝文虎先生啲貨係邊個包？」

「冇話邊個包嘅，邊個得閒咪邊個包囉。」

「帶佢入嚟！」私家偵探向黑布外說。

黑布掀開，外邊的燈光映照出兩個人進來的身影，一個是保鑣，一個是頭髮染成灰白的年輕男子。

灰白髮男子被帶到駒哥身邊，駒哥望一望他。「乜你都俾人捉 X 埋呀？」

「你喺毒品工場負責包裝，係咪？」私家偵探問灰白髮男子。

「係。」

「頭先駒哥講嘅嘢你聽到啦，佢講嘅嘢啱唔啱呀？」

　　灰白髮男子看了駒哥一眼，似乎在徵求對方同意才回答。駒哥馬上別過頭，不敢對視。灰白髮男子吞了吞口水才說：「有啲啱，有啲唔啱。」

「邊啲啱邊啲唔啱？」

「佢淨係負責收錢，不過今日……佢落手包阿虎啲貨，同埋……同埋……」

「同埋乜嘢？」

「同埋平時我哋會喺後巷交收，但係晏晝喺茶記一大班人食飯嗰陣，駒哥叫埋外賣仔嚟，兩個人坐去一邊卡位，我見到駒哥收咗外賣仔啲錢，駒哥就畀貨佢，平時都係阿虎個 Friend 阿 Kurt 嚟畀錢，但係今日由個外賣仔畀。」

「阿 Kurt 咁啱唔喺香港，先由外賣仔畀錢啫。」駒哥說。

「之前有冇類似嘅情況？」私家偵探問灰白髮男子。

「我記得就冇喇,阿虎淨係信阿 Kurt 一個,錢銀都唔會過外賣仔手,如果阿 Kurt 唔得閒,阿虎情願唔買貨。」

私家偵探叫保鑣帶走灰白髮男子後,淡淡地說:「駒哥,你有冇嘢想講?」

「你好嘢,陰 X 我,我仲有咩好講啫?」

「你冇嘢講就我講喇喎。外賣員畀錢你唔單只同你買貨,仲叫你加料落啲貨度。」

「我點會加料呀!成行都知我做生意不嬲都好老實㗎啦,你識咁 L 多人,唔信可以問下佢哋!」

「你知唔知邊個係貴利成?」

「知,佢開大檔㗎嘛。」

「佢話你爭佢五十幾萬,中間還過十萬,其餘啲數爭咗成兩個月,但係你今日一次過還晒,啲錢點嚟㗎?」

「你聽貴利成條 L 樣 X 噏吖,我咁有錢,使 L 同佢借呀?佢問我借就差唔多。」

「你都知我同貴利成有啲交情㗎啦，使唔使我請佢嚟呀？」

「咁又唔使。」

「你隔一頭半個月就會上貴利成個大檔度推牌九，夾夾埋埋輸咗幾萬，之後向佢借咗三次錢，總共三十幾萬，然後又輸埋，跟住一個禮拜之後，阿 Kurt 幫你還咗十萬。你邊度嚟咁多錢還？仲有，阿 Kurt 點解會幫你還錢，佢同你係咩關係？」

「阿 Kurt 條友仔好 L 鍾意四圍溝女嘅，佢買棺材唔知掁，溝着個字頭大佬條女，咁我同個大佬燒過黃紙，咪同佢講由我嚟拆掂佢，但係要幫我還錢。佢成日曬命，話有個有錢女唔知貝乜鬼兒好冧佢，個個月畀幾皮嘢佢使，咁我以為佢還得起，點知阿 Kurt 條友洗腳唔抹腳，冇乜錢剩，最多可以還到十皮，之後佢去咗馬拉幫人做演唱會賺錢，不過賺到嗰一萬幾千邊夠吖，我檔嘢又俾差佬吸到實，出唔到大貨，咁咪再問人借錢冚住貴利成條數先囉。」

　　他說的「有錢女貝乜鬼兒」就是我吧，但我從來沒有「冧」過 Kurt！

「你問邊個借？」

「外賣仔。」

「佢點解會借畀你呀？」

「今朝早佢走嚟搵我，話可以借錢畀我還條數，我問佢點知我爭人錢，佢叫我唔好問咁多，總之佢有個幕後老闆肯出錢，但係就要我……要我……」

「要你加料落啲 K 仔度，係咪？」

「我被迫㗎咋。」

「佢叫你加啲咩落去？」

「係一細包嘅白色嘅粉，但係我唔知咩嚟㗎。」

「個幕後老闆係邊個？」

「我點知啫，你問外賣仔囉！」

「我問過佢，佢話係你同幕後老闆搵佢做駁腳，加料落 K 仔度，你同幕後老闆就係主謀。」

　　外賣員沒有說過駒哥與那個「幕後老闆」事，私家偵探肯定再次使用「拋」功。

「你咪聽個外賣仔亂講呀！」

「最後一次機會，你再唔講，我就將你溝貨件事爆畀你大佬知，話你溝稀啲貨食佢夾棍。」

「你都戇 X 嘅！你講大佬就信㗎嗱？我跟咗佢十幾年，你話佢信我定信你！」

「如果你大佬唔信，我就通知掃毒去冚你檔，你啲人已經爆咗你個倉喺邊。」

「我郁過你啫，又唔係殺你全家，最多咪畀你郁返囉，唔 L 使咁 L 樣嚟玩 X 我呀！」被冤枉加上毒癮發作的駒哥極度暴躁，一站而起，想衝向我們，但被保鑣從後箍頸。

「我都話唔知邊 L 個係幕後老闆囉，講你又唔 L 信！唔 L 信你就咪 L 問啦！」

「今次嘅會面到呢度，多謝合作。我轉頭會搵你大佬同掃毒傾偈，我諗你出返去應該好唔得閒。」私家偵探説。

「我 X 你老母！」駒哥倏地伸手入保鑣西裝外套內，接着發震耳欲聾「呼」的一聲，我馬上掩住雙耳。那保鑣身子一軟，倒在地上，掩着左邊肋旁，我先看到駒哥眼中的怒火，再看到他手中一樣黑

色的東西,未及看清楚,我已被人擋住視線,那人緊緊抱着我,再聽到駒哥如同野獸的咆哮:「唔發火當我病貓!」

他話音剛落,十多下「呼」的聲響連續響起,空氣中彌漫一股刺鼻的硝煙味,我咳了幾下。

抱着我的人放開我,慢慢走向光圈之中,原來是宙哥。

八個戴夜視鏡的保鑣慢慢移進光圈,圍住已經倒下的駒哥。他身上有多個噴出鮮血的小孔。

駒哥與那八個保鑣手中都有槍。

這裡竟然埋伏了那麼多人,而且都有槍!

到底發生甚麼事?

我整理一下混亂的思緒,慢慢弄清楚剛才在電光火石間發生了甚麼:那保鑣掀開西裝外套取出煙盒及打火機時,駒哥往他西裝裡頭看了看,發現他腋下掛着槍袋及手槍(我估計在場所有保鑣都有槍);他伸手入去握住手槍同時發射,打中了那保鑣的肋旁,再拔出手槍想射殺私家偵探(可能因為環境太過漆黑,找不到目標,沒有立時射擊),宙哥怕我有危險,即時抱着我,然後四周埋伏的八個保鑣便向駒哥開槍。

宙哥拿走駒哥手中的槍，再摸摸他的頸動脈。「條友死咗，搵人執走佢。」

我定神過來，看到一攤鮮血慢慢流出光圈，我彷彿聞到一陣濃烈的血腥味，胃酸便打轉起來，一股酸溜味湧上喉嚨，快要嘔吐。我不想失儀，便掩着口，捲曲身軀，待保鑣宙哥運走屍體和送走受傷的保鑣後，我便走出黑布，到鐵籠電梯旁邊沒有外牆的地方，依着護欄吹風，同時吃了隨身帶備的止嘔丸，才沒有那麼難受。

外邊的悶熱感更盛，涼風間斷吹來，看來快要下暴雨。

「小姐，」保鑣宙哥走過來關心我，「你有冇事呀？」

「點解你哋會帶槍㗎？點解要殺人呀？」我質問他。

「為咗保護你。」

「咁你事先唔同我講？早知你哋會殺人我就唔嚟啦！我要走呀！我依家就要走呀！」

保鑣宙哥用眼神叫已走出黑布的私家偵探過來。

「貝小姐，對唔住，貝生吩咐過，你要一直喺度，直到審問完結。」

私家偵探恭敬地説。

「如果一陣佢哋又開槍咁點呀？我唔想睇佢哋殺人呀，好恐怖呀！好恐怖呀！」我連連踏腳。

「我答應你，我哋盡量唔會開槍。」保鑣宙哥説。

「『盡量』即係會開槍啦，」我拿出電話，「同你講都嘥氣，我同阿爸講。」

我故意站到保鑣宙哥正前方打電話給爸爸，抬起頭緊緊盯着他，用眼神告訴他逆我意不會有好下場。

爸爸很快就接了電話。

「阿爸，加兒呀。」我盯得保鑣宙哥更緊。

「你唔係幫緊偵探先生查緊嘢咩？」爸爸聲音依然微弱，但添了幾分鏗鏘，這個表現，通常是他在面對生意難關的作戰狀態。

「宙哥同佢啲手下瞞住我帶槍，啱啱殺死咗個涉事人，仲有呀，個涉事人搶咗把槍，差啲殺死我。」

「咁你有冇事呀？」爸爸關切地問，但語氣十分冷靜，好像已經

知道剛才發生的一切。

「事就冇，但係嚇親我，嗰個人成身血。」

「唔使驚，冇事就好，咁你哋繼續啦。」

「我想走呀。」

「我咪講過囉，你要同偵探先生一齊調查吖嘛，同埋要聽阿宙嘅說話，我唔再講第二次㗎喇。」

　　掛線後，保鑣宙哥的電話隨即響起，我以為是爸爸打來說他幾句，但看他接聽時的神情及語氣，應該是他手下打給他。他神色凝重地說了幾句，便帶了兩個保鑣匆匆沿樓梯向下跑。

「佢哋好似咁緊張咁嘅，發生咩事呀？」我問私家偵探。

　　私家偵探表示不知道，又說：「駒哥死咗，我哋少咗一條線索，不過有一個重大收穫，就係貝文虎先生嘅死，可能係由一個幕後老闆策劃。睇佢嘅表現，佢應該真係受外賣員指使，亦都唔知邊個係幕後老闆。等宙哥返上嚟，我會審問多一次外賣員。」

　　私家偵探的資料顯示，弟弟死前曾服食佐匹克隆（Zopiclone），是有抗焦慮和遺忘記憶特性的安眠藥。

「你知唔知道貝文虎先生有冇食安眠藥嘅習慣？」他問。

「我聽阿 Kurt 提過，細佬有一排瞓得好差，去過睇醫生，可能啲藥係醫生開畀佢。」

「咁你有冇喺工作室度見過 Zopiclone？」

「唔記得喇。」

　　私家偵探想了一想。「貝文虎先生聽日要交 Demo 畀人，冇理由會食安眠藥，所以最有可能嘅係外賣員畀駒哥嘅白色粉末，就係 Zopiclone。Zopiclone 要醫生處方先買到，但係其他地方就冇規限，去藥房就有得賣，所以要追查啲藥係邊個買嘅有啲難度。」

「咁點解外賣仔要畀細佬食安眠藥呀？」

「如果真係有幕後老闆嘅話，我估計呢個係一個針對貝文虎先生布下嘅局。」然後私家偵探仔細地說出他的假設。我聽後消化一會才明白。

　　那假設很「推理小說」，很荒誕，但又未必沒有可能。

　　幾分鐘後，保鑣宙哥回來，說外賣員逃走了。

　　找了十多分鐘也找不到外賣員，私家偵探只好先問第四個涉事人。

外賣殺人事件

Food Delivery Murder

FAST PACED搜尋

駒哥被亂槍殺死的「兇案現場」已清理乾淨，我忐忑不安地返回座位。隨後被帶到光圈中的是 Kurt 提到的援交少女，綽號細卷，十九歲，樣子不算標緻，但青春無敵，皮膚光滑，加上化妝得宜及一身超低胸衫配超短裙，作為女人的我也忍不住多看兩眼。

「你哋想點呀？點解要綁住我呀？放開我呀。」細卷啜泣着環顧四周。

以防類似駒哥發難的事再次發生，之後所有涉事人都要反綁雙手。

我本想叫保鑣宙哥不要綁住她，她比我還柔弱，就算反抗，那八個持槍大漢不會阻止不了吧！但我沒有這樣做，除了因為要遵守我在審問過程中不能說話的協定，更怕保鑣宙哥為了保護我而殺了她。爸爸可能怕涉事人會記住我的聲音，日後我會有麻煩。

我不想無辜的人為我而死。

私家偵探先安撫細卷，待她稍稍平靜才說：「我問乜你就答乜，越詳細越好，記住一定要講真話，因為你呃我唔到，如果呃我，你應該知道後果，明唔明白？」

私家偵探溫柔的威嚇奏效，細卷得連連點頭。

「根據你同阿 Kurt 嘅通訊紀錄，你約咗佢喺夜晚八點半喺中成工業大廈七樓 6C 室見面，係咪？」私家偵探問。

「係，不過我好少去嗰頭，所以早咗出發，原來嗰度好近港鐵站，好易搵，八點過啲已經到咗大廈樓下。」

「咁你上到工作室係幾點？」

「搭四左右。」

「點解要成二十分鐘先上到去呢？」

「我想行後樓梯上去，但係樓梯道門鎖咗，要等到搭三先有人開門。」

「點解要行後樓梯上去而唔行正門？」

「我本來行正門入去，但係個看更阿伯坐咗喺入口出面，係咁望住我。我之前都試過去其他工廠大廈搵人，啲看更一見到我嘅打扮同咁生面口，多數都會問長問短，又要我攞身分證登記、問我搵邊個、嚟做乜，今日星期日冇乜人，我估個看更一定會截停我，我費事煩咪行行入正門，扮路過，兜咗個大圈搵後樓梯。」

「你記唔記得打開後樓梯道門嗰個人個樣呀？」

「佢戴住電單車頭盔，但係塊擋風罩拉咗落嚟，遮住塊面。」

「佢着咩衫？身型係點？」

「高我一個頭，應該有 178，瘦瘦地，着白衫紅褲，件衫心口有個 Logo，好似係……紫紅色同圓形，中間有啲白色字，有啲似一個外賣 App 嘅 Logo，但係道門喺後巷，好暗，睇得唔係好清楚。」

「佢見到你有咩反應？」

「窒咗一窒，可能冇諗到有人喺門外面啩。」

　　細卷又説，到了工作室外按門鈴，按了五分鐘，打電話、發訊息給 Kurt，他都沒有回應。

「我以為阿 Kurt 未到，就喺門口等咗十分鐘左右，跟住我就諗佢放我飛機，咁咪走囉，行到去後樓梯，就聽到工作室乒鈴嘭唥咁好嘈，我咪返去撳門，隔住道門問：『阿 Kurt，你係咪喺裡面呀？』但係裡面忽然靜晒，然後就聽到『呯』一聲，之後先知裡面有人跳樓。咁啱嗰時有客 Message 我，問我幾點得閒，咁我見有客就冇理阿 Kurt，就行入後樓梯，落返地下。」

　　如果 Kurt 沒有説謊，那時候他在昏睡，那嘈雜聲就是弟弟發出的。莫非他吸毒後發瘋，亂擲東西？

「你除咗聽到乒鈴嘭唥聲，有冇聽到有人講嘢呀？」

　　細卷想了一想。「好似……有兩個人講嘢，有一個人好惡咁，不過我又唔係好肯定係有人鬧交定有人上網睇緊片。」

「你行樓梯返落去嗰陣有冇見到有人？」

「冇喎，不過一落到去，就見到個男人喺後巷嘅另一邊行緊埋嚟，佢高高大大，戴 Cap 帽戴口罩又太陽眼鏡。」

「佢見到你有咩反應？」

「好奇怪，佢完全冇反應，連望都唔望我。」

「咁有咩咁奇怪呢？」

「平時我着成咁出街，個個男人都會望到實一實，但係佢就牟低頭。然後我行去後巷嘅另一邊走，費事撞到個看更，跟住轉身望下，已經唔見戴 Cap 帽嗰個男人，唔知係咪入咗後樓梯。」

　　送走細卷後，私家偵探的一個助手來了，叫他到黑布外談些事。有甚麼如此神秘，不可以讓我知道的呢？幾分鐘後，我禁不住好奇心走出黑布，只見助手剛好坐電梯離開。

私家偵探多了一個手掌大小的長方形紙盒。

「咩嚟㗎？」

「我助手送嚟嘅，」他打開紙盒，裡面有一把有卡通圖案的牛油刀，長約十厘米，刀刃很鈍，「係我叫佢幫我搵嘅。」

「你驚啲涉事人襲擊我哋，用嚟旁身？」我一問才想到這是蠢問題，有八個保鑣加八支槍，牛油刀實屬多餘。

「唔係，係貝文虎先生嘅死有關。」私家偵探略略說了一下兩者的關聯後，我更加相信弟弟墮樓是有人精心策劃，難怪我問警員弟弟死因時，他支支吾吾。

「既然唔係啲乜嘢秘密，點解你個助手要咁神秘，係咪有嘢瞞住我？」我問。

「適當嘅時候我會話畀你知。」

私家偵探有甚麼事隱瞞我呢？

私家偵探分析了細卷的口供：假設八點三十分細卷在工作室外聽到的嘈吵聲，是弟弟在與人爭執所發出，而弟弟正是在八點半左右墮樓，可以合理推斷弟弟是被與他爭執的人推下樓，而那

個戴鴨舌帽的男人可能是來接應或清理現場。

　　當然，或者他只是大廈的租戶，碰巧在那時出現。

　　私家偵探由電腦袋取出外賣紙袋，指向 Fast Paced 封口貼紙上的商標。「你覺得呢個 Logo，同細卷講嗰個戴頭盔嘅人件衫個 Logo 似唔似呀？」

「都幾似，唔通佢就係外賣仔？」

「好有可能。」

「咁即係話外賣仔唔係殺細佬嘅兇手，因為細卷話外賣仔走咗佢先上去，除非外賣仔搭電梯上去，同時又要快過細卷去到工作室。」

「不過，戴頭盔嘅人有機會唔係外賣員，而係其他人，可能外賣員將件衫畀第二個人着，甚至係第二個人着住 Fast Paced 嘅制服，企圖擾亂視線，但係問題嚟喇，如果係咁，即係外賣員有同黨，咁呢個同黨又係咩人呢？我嘅涉事人名單暫時冇呢個人。」

「捉到個外賣仔未呀？問下佢咪知囉。」

「仲未，」在一旁的保鑣宙哥説，「我哋已經封鎖晒成幢大廈，

佢應該仲喺大廈範圍，不過呢度有三十層，仲堆滿晒建築材料畀佢匿埋，一時三刻要搵到佢有啲難度。」

「萬一佢匿到天光，咁行理由唔畀啲工人嚟開工，佢哋實會嘈，萬一佢哋嚟到見到個外賣仔就麻煩，」我猛然想起一件重要的事，向私家偵探說，「係喎，你有冇 Check 過外賣仔個電話呀？有冇嗰個幕後老闆嘅資料呀？」

「電話裡面所有資料都係同佢工作或同事有關，有可能佢已經刪晒所有幕後老闆嘅通訊紀錄同資料，呢個都唔難搞，我已經搵人還原緊 Delete 咗嘅資料，最難搞嘅係如果佢有一部專門聯絡幕後老闆嘅電話而俾佢掉咗，又或者根本就冇所謂嘅幕後老闆。」

「會唔會係駒哥為咗甩身而作個幕後老闆出嚟呢？」

「有可能，所以暫時唔好再糾纏幕後老闆係邊個住。」

此時，一個保鑣上氣不接下氣從樓梯跑上來，向保鑣宙哥說：「搵到個外賣仔喇，不過……」

「不過咩呀？講啦！」保鑣宙哥很不耐煩。

保鑣誠惶誠恐地說：「條友爬咗出外面個棚度，俾我哋發現咗，佢驚起上嚟……失足跌咗落樓。」

外賣殺人事件

Food Delivery Murder

FAST PACED搜尋

「根叔，請你講下發現貝文虎先生時嘅情況。」私家偵探説。

　　　　根叔是中成工業大廈看更，第一個發現弟弟屍體的人。他六十五歲，私家偵探優待他不用反綁。

「我記得八點半左右啦，我就坐喺大廈入口裡面，通常都撳下電話打發下時間，咁突然出面『呼』一聲，咁我以為撞車咪出去睇下囉，一睇，嘩，嚇死我呀，有個人瞓咗喺門口，一地都係血，我見佢郁都唔郁，叫又冇反應，咪報警囉。啲差人嚟咗之後，叫我界佢哋睇閉路電視啲片，真係有咁唔得咁橋，大廈管理公司貼咗通告，話有師傅嚟定期檢查閉路電視，所以入口、樓梯、走廊、電梯啲機都熄晒。」

「通常幾耐先會檢查閉路電視一次？」

「三個月一次，不過上個月頭先檢查完，唔知點解咁快又檢查。」

　　　　我相信私家偵探與我有同一個想法：檢查閉路電視並非「有咁唔得咁橋」。

「咁啲師傅幾點嚟到？」

「冇嚟到呀，管理公司喺九點取消咗檢查。」

「你認唔認識貝文虎先生？」

「識得，佢係七樓租客，仲喺度住㗎，不過就冇打過招呼，佢出入都黑口黑面，嚇咗成村人咁，但係成日同佢一齊個後生仔就笑容好啲，見親我都打招呼，又撩啲看更阿姐傾偈，佢仲幫貝文虎交埋管理費。」

　　私家偵探叫一個保鑣給根叔看兩張相，一張是 Kurt，根叔認得他就是「笑容好啲」的年輕人，另一張是低音結他手陳卓紹，但根叔表示阿紹已經兩、三個星期沒有到過大廈。

「你今日當值嘅時候，有冇見過啲咩人出入呀？」

「我返七點嗰更，星期日晚通常都冇人出入，七點搭九左右得個送外賣嘅嚟過，佢周不時都嚟送外賣，部電單車次次都就咁泊喺出面，我話過佢幾次唔好泊喺度，費事啲租客投訴。佢幾個字之後落返嚟，揸架車去咗前少少間便利店前面。」

「咁佢之後有冇返去大廈？」

「冇喇。」

「佢當時有冇戴頭盔？」

「佢冇戴,淨係揸住,佢次次一落車就除頭盔,大熱天時點會戴住吖。」

「咁你有冇見過呢個女仔經過呀?」

根叔看了細卷在社交平台的照片後說有點印象,好像見過她經過大廈,又好像之前在哪裡見過她。

「佢係做援交嘅,會唔會你之前搵過佢?」私家偵探問。

「援咩交吖,雞就雞啦!睇佢個樣仲細過我個女,搵都搵個年紀大啲啦,好經驗啲。」

我暗罵了他一句「老雞蟲」。

「咁你七點到八點半有冇離開過大廈?」

「冇,梗係冇啦,今日得我一個看更,俾老細知道炒魷㗎!」根叔反應奇大,令人不禁懷疑他說謊。

「咁你幾點會巡樓?」

「夜晚八點、凌晨一點同第二朝六點。」

「即係話你夜晚八點離開過個位,係咪?」

「今日冇喎,平時有兩個看更,一個去巡樓,一個留喺入口,但今日個更編得我一個,Cut 咗八點嘅巡樓時間。」

「我喺你個衫袋搵到包煙同未開過嘅戒煙貼,你係咪好大煙癮㗎?」

「一日包幾兩包。」

「根據你哋管理公司嘅員工守則,為咗公司嘅形象,所有職員喺當值嘅時候唔可以喺大廈室內同室外五十米範圍內食煙,咁七點到八點半成個半鐘,你一支煙都冇食過?」

「都⋯⋯有嘅,其實我⋯我⋯⋯匿埋喺後樓梯食咗一支,嗰度平時冇人行㗎滯。雖然我唔知你哋咩人,但係你唔好講出去呀,我之前喺大廈隔籬條巷仔食煙,好衰唔衰經理嚟巡,俾佢鬧咗一餐,仲收埋警告信。」

「你幾點到幾點去過後樓梯?」

「八點搭四搭五左右,喺後樓梯地下嗰層,食完煙之後行返出去先聽到嗰下『呼』一聲。」

　　審問結束後，根叔正要離開，他才説：「我諗返起喺邊度見過個援交妹喇！」

　　他離開後，我、私家偵探和保鑣宙哥到黑布外。天空響起了悶雷，卻沒有半滴雨水。

　　我問保鑣宙哥拿了一根煙吸了起來。我煙癮不大，只會在想放鬆時吸煙，我已有幾個月沒有吸了，因為最近不想聞到煙味。

　　雖然明知吸煙很對不起自己的身體，但我説服自己：只是吸一支問題不大吧。

「我覺得根叔信唔過，講嘢一時一樣。」我吐出煙圈。

「佢講大話應該都係為咗保住份工啫，而且我查過佢電話嘅定位，佢喺七點到八點半都喺大廈範圍，雖然 GPS 唔係百分百準確，不過都唔會差太遠，佢最多都係喺門口出面或者附近食煙。」

　　抽完煙我又説：「你啲助手都幾犀利喎，想查乜都查到。」

「呢個世界冇咩係錢解決唔到嘅，而且貝生畀嘅酬勞咁高，我啲助手自然落力啲。」

「咁你應該收咗阿爸唔少錢啦。」

「貝生的確對我唔錯，幫過我好多。」

「唉，不過有錢又點吖，阿爸夠有錢啦，咪又係有絕症。」

私家偵探呆了一呆。「乜原來貝生佢⋯⋯」

「乜你唔知㗎？」

私家偵探搖搖頭。「我都好耐冇見佢，佢呢一年都係叫宙哥嚟搵我，就算貝生之前同我見面，都唔會講佢啲私事畀我聽。」

「宙哥，個外賣仔依家點呀？」我問。

外賣員失足墮樓，幸好掉在厚厚的沙土上，沒有生命危險，但失去知覺，正在昏迷。

「仲未醒。」保鑣宙哥說。

「咁使唔使送佢去醫院或者搵個醫生嚟睇下佢呀？」

「呢件事越少人知越好，」私家偵探說，「希望佢冇事啦，佢係呢件事嘅重要線索。」

「你覺得個 CCTV 咁啱維修，同編得一個看更當值，係咪巧合

呢?」

「唔係,我幾乎可以認定係人為。」

「咁即係真係有個幕後老闆?」

「機會好大。可以連閉路電視都熄埋,即係有控制大廈管理公司嘅權力,佢可能係大廈管理公司嘅職員甚至係老闆。」

　　私家偵探與兩個助手交換一些資料後,已經是第二天9月9日的凌晨一點,電話傳來新聞提示:警方將於一分鐘後直播,交代葵涌墮樓事件調查進展。

　　我打開警察的社交平台,與私家偵探屏息靜氣等待直播開始。

Delivery

外賣殺人事件
Food Delivery Murder

一分鐘後，穿着白色制服的警方代表走到咪高峰前，記者的鎂光燈閃個不停。

「歡迎傳媒朋友出席記者會，以下落嚟，我會交代葵涌墮樓事件嘅調查進展。昨日，即係 9 月 8 日晚上八時三十二分，警方接到市民報案，喺葵浦大連排道中成工業大廈入口對出，發現一名中國籍男子倒臥地上，救護員到場證實該名男子已經死亡。經過警方嘅初步調查，相信該名男子係由該幢大廈七樓嘅一個單位墮下。警方已經證實，死者為中國籍男子貝文虎，二十四歲。」

他背後的屏幕展示弟弟的照片。

「經法醫解剖，發現死者生前一到兩小時內曾吸食俗稱 K 仔嘅毒品氯胺酮，另外亦發現死者嘅血液含有安眠藥嘅成份，初步驗出該安眠藥為 Zopiclone。其後，警方喺該單位內發現有由醫生處方並屬於死者嘅相關藥物，但係就發現唔到氯胺酮。」

屏幕切換至 Zopiclone 藥盒的照片。

「同時，法醫喺死者身上發現十多處好淺嘅刀傷，集中喺兩臂以及手指外側，並非致命傷口，相信墮樓係致死嘅原因，而警方喺現場發現唔到造成有關刀傷嘅刀。同時，案發單位內有打鬥過嘅痕跡，而據一名死者當時喺現場嘅友人表示，單位內遺失一支低音電結他，估計市值約港幣二十萬，以及一隻手錶，估計市值約

港幣三十萬。警方有理由相信死者死因有可疑，初步唔排除係劫殺。」

「而喺昨日晚上十一點左右，警方收到一封匿名電郵，係一段 CCTV 所拍攝嘅片段，片段拍攝到嘅人，可能同案件有關，警方正在找尋該名男子下落。另外，警方都想喺度呼籲一下，根據大廈保安員嘅口供，喺案發前嘅七點四十五分左右，有一名外賣員進入過大廈，警方曾經聯絡過呢名外賣員，但係至今仍然聯絡唔到，希望呢名外賣員盡快向警方聯絡。以下係記者發問時間。」

「警方搵緊嘅男人係咩人？係唔係噚日俾死者打傷嘅人陳卓紹？係唔係佢報復呀？」一個記者問。

「警方仲調查緊，暫時答唔到你。」警方代表說。

「有消息話嗰棟大廈啲 CCTV 壞晒喎，啲片段喺邊度得㗎㗎？」另一個記者問。

「由於案件仍在調查當中，我哋暫時唔方便透露。」

「咁警方會唔會公開片段呢？」那記者追問。

「由於片段係重要嘅破案線索，喺有關調查完結之前都唔會公開，我亦喺度呼籲該名提供片段或者得到片段嘅人士，請唔好公開有

關片段，否則會影響警方嘅調查工作。」

其他記者提問了約十分鐘，記者會直播才結束。

根據警方的說法，弟弟的確如私家偵探所得的資料一樣是死於他殺，而根據記者的消息，中成工業大廈的閉路電視當時停止運作，與看更根叔所說的吻合。

可是既然閉路電視停止運作，警方又如何得到片段呢？

而且警方提到「現場的友人」就是 Kurt 吧！他向警方說工作室內的低音電結他及手錶不見了，但剛才在審問時卻表示「猛然想起」低音電結他遺失，更隻字不提手錶的存在，為甚麼呢？

「警方嘅調查速度比我想像中快。」私家偵探眉頭深鎖。

我本想安慰他已經很盡力跟警方「競賽」，奈何雙方人力與資源懸殊，非戰之罪，但見他沉思便沒有打擾。不一會，他已寫滿三頁筆記，遞給助手，助手就坐電梯離開。

「你覺得警察搵到嗰個同案件有關嘅人，會係邊個呢？」我問。

「我估就係兜手，如果唔係警方唔會公布消息。依家知道有兜手嘅 CCTV 片，我估啲記者一定會買條片，我已經派助手去收風，

同去報館、電視台攞料。」

「有個記者問陳卓紹係唔係兇手，會唔會就係佢呢？」

「我真係答唔到你，要審問過先知。」

「咁你有冇捉到佢返嚟呀？」

「你記唔記得我審問完外賣員之後，講過有單嘢好棘手，就係去醫院搵唔到陳卓紹，當時我擔心，萬一佢係兇手而佢已經俾警察拉咗，咁我就完成唔到貝生嘅任務，不過如果警方所講同案件有關嘅人就係陳卓紹，咁我仲有機會。」

「咁點解頭先你要咁隱晦呀？」

「因為……」私家偵探頓了一頓才說，「我驚你會暗中通知佢我哋搵緊佢。」

「你懷疑我？」

「坦白講，我接到呢個任務嘅時候，你係其中一個懷疑嘅對象，」他平靜地說，「因為貝生年紀咁大，你哋兩姊弟好可能為咗分配遺產嘅事有分歧。」

「所以你就覺得我夾埋陳卓紹殺咗細佬？」我有點不敢相信並帶點怒氣地説。

「貝小姐，首先我暫時未肯定陳卓紹係咪就係兇手，另外我對你有咁嘅懷疑好合理，加上你啱啱講貝生不幸患咗絕症，令我嘅懷疑更加有理據。」

「咁我係咪要俾你審呀？」

「有幾個啱啱搵到嘅涉事人送緊過嚟，需要一啲時間，如果你唔介意，我都想趁呢段空檔問你少少嘢。」

「喂，阿爸叫我嚟幫你，唔係俾你審㗎！係咪唔記得咗邊個請你返嚟呀？」

「我當然記得係貝生請我，但係佢同時授權我可以調查所有人，包括你，不過我要講多次，我唔係要審問你，只係問一啲簡單問題。」私家偵探的語氣非常堅定。

我拗不過他，便以眼神向保鑣宙哥求救。

「小姐，請你照偵探先生嘅説話做，唔好令我難做。」保鑣宙哥説。

我馬上打電話給爸爸，可是沒有人接聽，便打給媽媽。

「你阿爸話有啲唔舒服要瞓陣覺，唔畀人入去病房嘈佢。你搵佢咩事呀？」

「冇，我諗住同佢傾下偈咋。」我怕她擔心，所以說了謊。

「咁我叫佢瞓醒打畀你啦。」

　　掛線後，我表面上仍然很激動，其實內心很快便就平靜下來。

　　換着我是私家偵探，我也會懷疑自己。

　　我的殺人動機最大。

外賣殺人事件

Food Delivery Murder

FAST PACED搜尋

　　我本以為可以在黑布外接受審問，但私家偵探拒絕，要我必須到坐到光圈之中，他說這是爸爸的要求。

　　我坐在光圈中的木椅上，想不到我會成為「涉事人」。因為我的身分得到特別優待，不用反綁（諒保鑣宙哥也不敢），也不用與私家偵探在黑暗中對話。他搬了另一張椅子跟我相對而坐。

　　「宙哥，我有一個要求，」私家偵探開始審問前說，「我可唔可以同貝小姐單獨傾下？」

　　「唔可以，」保鑣宙哥斬釘截鐵，「我要確保小姐嘅安全。」

　　「希望你通融一下，因為陣間問到嘅問題，會牽涉到貝小姐同貝生嘅私隱。」

　　保鑣宙哥想了一想。「我可以叫其他人出去，但係我會留低。」

　　私家偵探同意後，保鑣宙哥便命令黑暗中的其他人離開，原來除了我見過的八個保鑣，還有四個執住長槍的保鑣，儼如一支軍隊。

　　「首先，我想問下貝文虎先生點解要隱藏身為貝青松先生個仔嘅身分。」私家偵探說。

「阿爸連呢樣嘢都冇同你講？」

「我只係負責幫貝青松先生解決問題，佢冇必要同我講佢嘅私事，同埋根據私家偵探嘅專業守則，我唔可以調查委託人，除非係對方主動同我講或者得到對方授權。如果唔係貝文虎先生遇害，貝生根本就冇必要同我講佢有個仔，我亦唔會問你有關貝文虎先生嘅嘢。」

「你咁聰明，咁你估唔估到細佬同阿爸係咩關係？」

　　這個問題有些奇怪，他們分明就是父子，還有哪些其他關係？不過私家偵探連想都不用想就明白我的意思。

「貝小姐過獎喇，我的確一開始已經諗過貝文虎先生係貝生嘅私生子，而到睇咗新聞報道先確定到。有時記者比我呢啲所謂專業嘅私家偵探更厲害，查到好多我都查唔到嘅嘢。其實，當貝生叫我幫佢搵出殺佢個仔嘅兇手、經過頭先幾個嘅審問，同埋你講過嘅嘢，就算新聞冇講，我已經估到九成。」

「細佬佢……其實我都唔想認呢個細佬，不過阿爸話始終係一家人……細佬一出世就同佢阿媽兩個人住，阿爸間中會去睇下佢哋。我阿媽係嗰啲好傳統嘅女人，阿爸做乜嘢佢唔會有意見，就算阿爸玩女人，只要玩完識得返屋企就得，但係我覺得唔係玩囉，連仔都生埋。我細個嗰時好嬲阿爸㗎，不過阿爸真係好錫我，應該

話最錫我，阿媽又接受到，咁我大個咗都冇再嬲阿爸。」

「其實好多有錢人都唔介意公開有私生子，點解貝生一直都冇公開呢？」

「為咗阿媽囉，阿爸唔想阿媽俾啲親戚笑，尤其是係我外公，佢成日話男人一有錢就身痕，叫阿媽睇實阿爸，阿媽就話阿爸唔係啲咁嘅人，所以阿爸唔想阿媽難做，一直都冇公開佢同細佬嘅關係。直到細佬十八歲生日嗰日，阿爸話佢大個仔，想佢入公司學嘢，等時機成熟先公開佢哋嘅關係。之後仲叫埋我、阿媽、細佬同細佬個阿媽一齊食咗餐飯，嗰支限量版 Bass 就係食飯嗰陣阿爸送畀細佬，係細佬個阿媽叫佢送嘅，佢知道細佬成日都好想要嗰支 Bass，不過全世界得返幾支，有錢都買唔到，咁阿爸就左託右託叫人搵返嚟，阿爸都真係幾錫佢。」

「咁貝文虎先生親生媽媽依家喺邊？」

「佢一直有抑鬱症，早幾年自殺死咗，細佬覺得係因為阿爸唔理佢兩母子，先搞到佢有抑鬱症，所以細佬一直都好嬲阿爸，周圍同人講佢親生阿爸死咗。細佬又怪我成日話佢冇出息，又管佢，連我都嬲埋。」

「你啱啱提過嗰支 Bass，係咪就係工作室唔見咗嗰支呀？」

我點點頭。「嗰時都要成十萬，我都唔知點解一支咁嘅嘢要咁貴，彈到咪得囉，頭先直播個警察話支 Bass 已經叫價叫到廿萬，阿 Kurt 仲話過可能上到卅萬，即係俾人炒高十幾二十萬，啲炒家真係無良。」

我是地產商人，與炒家有千絲萬縷的關係，由我來批評「無良炒家」有點不合適，可是我覺得玩音樂只是娛樂，不是必需品，炒家肯定耍了不少手段，哄騙弟弟這種玩物喪志的人購買成本不高的樂器。

「我個仔喺英國讀緊書，佢喺嗰邊夾 Band，咁啱都係彈 Bass，我都諗緊買支靚啲嘅 Bass 畀佢，其實做父母嘅都係想仔女開心啫。」他笑說。

我還未當媽媽，不過從他的笑容，我大概明白他的感受。

「唔好意思，岔到咁遠……警方講喺工作室俾人偷走嘅錶，你有冇見過？」

「梗係見過啦，隻錶係我送畀細佬嘅。」

這隻手錶，就是我向私家偵探提過在工作室電腦旁透明膠箱中的東西。我知道弟弟將會到公司工作，所以就送一隻名錶給他。他一直戴智能手錶，怎見得人？我不想同事看他不起，最重要的

是不希望他影響貝家形象。

「點解阿 Kurt 由頭到尾都冇提過隻錶嘅？」我說，「係咪佢唔記得咗呢？」

「可能係，又或者係佢專登唔提。」

「你意思係佢偷咗隻錶，作賊心虛？」

「係唔係佢，好快就有答案，我啲助手已經查緊。」

「講咗咁耐，你都未講你懷疑我啲嘢，入正題啦。」

「請你唔好介意我懷疑你，貝生患咗重病，而遺產受益人當然就係你同貝文虎先生，無論係出於對公司嘅考量，由你管理公司係最佳人選；抑或係出於人性……我諗好少人想同人分享咁大筆財富。」

「你唔使講得咁隱晦，你係想話我貪心，想獨吞公司。第一，我從來冇諗過要獨吞，不過我同意我係管理公司嘅最佳人選；第二，細佬被殺嗰時，我同阿爸嘅老朋友食緊飯，唔信你可以問宙哥，佢一直都喺我身邊。」

「宙哥有向我提過。」

「第三，我細佬咁大隻，宙哥加多兩個保鑣都未必夠佢打，我咁細粒，未埋到佢身已經死咗喇。可能你又會話我搵人郁手咪得囉，但係要搵都唔會搵阿 Kurt、外賣仔或者陳卓紹啦，點解唔搵職業殺手先？但係如果由職業殺手做，又點會咁多破綻，仲要俾警察點晒相呀？」

我「作供」的時候，私家偵探的手雖然在寫筆記，但視線從沒有離開過我的面部，大概是想從我表情窺探我有否說謊，但我毫無顧慮，一直盯着他，因為我不是兇手，弟弟的死與我全無關係。

「我頭先問過宙哥，佢話同你食飯嘅係黃冊集團嘅主席黃啟文先生，黃生同你講過啲咩呀？」

「我係黃叔叔嘅世姪女，食餐飯傾下閒偈啫。」

「但係貝生依家咁嘅情況，你哋仲有心情傾閒偈？」

「我將會去美國探阿爸，黃叔叔託我畀啲茶葉阿爸，啲茶葉喺架車度，唔信你可以去睇下。」

「仲有呢？」

「仲有咩呀？你想講咩呀？」

「我上網睇過黃生嘅三、四個訪問，佢提過對下年拍賣嘅幾塊地皮好有興趣，你哋係同行，冇提起過咩？」

「咪就係提起過下咁囉，我哋仲講過好多嘢啵，使唔使乜都同你匯報呀？」

「如果你唔介意，可以簡單講下你哋傾過啲咩。」

　　我翻了翻白眼，無奈地簡述我與黃叔叔的談話內容，但省去黃叔叔想撮合我和他兒子，以及雙方的合作計劃——這些事怎可以告訴他？

「點呀，滿意未呀？」

「真係唔好意思，問咗你咁多私人嘢，不過⋯⋯」私家偵探停下寫筆記的手。

「不過係阿爸授權你吖嘛。」我沒有好氣。

「我再次向你道歉，我要問嘅就係咁多。」

　　審問終於完結，我應該心安才是，但心中又隱隱有點不安，可能是他太聰明，或者説是城府很深，隨時是緩兵之計，令我放下戒心，然後再令我不知不覺墮入他的圈套。

可是我完全清白，不怕他的「暗算」。

「你啱啱提到職業殺手，其實我都有諗過呢個問題，」私家偵探說，「不過正如你所講，職業殺手唔會咁失策，佢哋盡量唔會揀私人地方落手，因為變數太多，例如事敗好難走得甩，又會有保安等等。話唔定真係咁啱有外人去爆格，貝文虎先生同個賊打起上嚟，又咁啱個冷氣壞咗而打開咗個窗，佢先會失足跌落街，咁啱個賊又知道支 Bass 好值錢……」

「有冇咁巧合呀，神探？」我不自覺地語帶諷刺。雖然他懷疑我很合情合理，我也沒有怪他審問我（其實算是旁敲側擊），但我的小姐脾氣作祟，對他當我犯人般審問仍心存絲絲不滿。

「可能就係咁巧合，我意思係如果真係有賊打劫嘅話，佢可能已經踩過線，」私家偵探攤開一份中成工業大廈七樓的租戶資料及平面圖，「工作室喺 6C，6A 同 6B 都有人租，同一層嘅 1 至 5 號室租咗畀同一間公司做貨倉，7 同 8 號就丟空咗。工作室外面冇 CCTV，而 1 至 5 號都冇裝鏡頭，就算有，貨倉個入口喺 1 號，正常只會裝喺 1 號門口，唔會影到 6 號，而管理公司裝嘅唯一一部 CCTV 就只係影到 5 號。」

他指向平面圖的走廊「5 號」及「6 號」位。「中間有一幅牆隔開咗 5 號同 6 號，要過去另一邊就要推開牆中間嘅防煙門。」

「點解條走廊有幅牆咁怪嘅？唔通係結構牆？」建築圖則會標示哪一幅是結構牆，但這只是由網上下載的地產代理平面圖。

「我估計，幢樓啱啱起嘅時候，1 至 5 號同 6 至 8 號分別係兩個大單位，可能係大型廠房，即係原本只有 1 號同 2 號，之後因為生產線北移，香港嘅大型廠房需求減少，所以業主將大單位拆做細單位，但係就好似你咁講，中間幅牆應該係結構牆，唔拆得，所以就喺中間開道門畀人行。而後樓梯又喺 8 號對面，即係話個賊已經摸清晒七樓嘅 CCTV 盲點同逃走路線，先揀 6C 落手。」

「咁點解咁多地方唔揀，偏偏要揀工廈？」

「因為呢個賊非常熟悉呢度，而且佢可以自由出入而唔會俾人懷疑。」

「你講緊個外賣仔？但係……」我腦中一片混亂，「佢唔係受幕後老闆指使落安眠藥咩？點解又變咗賊？」

「如果駒哥同佢個手下冇講大話，外賣仔係受人指使落藥，但係唔可以排除佢一早打算偷嘢而已經摸熟七樓嘅環境，之後順便幫幕後老闆做嘢，一箭雙鵰。」

　　私家偵探解釋得很清楚，假設亦成立，但真相就越來越撲朔迷離。

外賣殺人事件

Food Delivery Murder

FAST PACED搜尋

十五分鐘後，保鑣押來街坊餐廳「柯榮廚房」柯老闆。

他是個很市井的中年人，怎看都不像是殺人犯。

當然人不可以貌相。

「柯老闆，咁夜請你嚟，冇嘈醒你屋企人吖嘛？」私家偵探說。

「貴利成，我哋咪傾好咗囉分廿期還錢畀你囉，做乜又捉我嚟呀？你要搞就搞我，唔關我老婆同個女事！」坐在椅上的柯老闆試圖爭脫被反綁的雙手，剛想站起，身旁的保鑣便馬上用力壓住他的肩膀。

我暗叫不好，他要是反抗的話，黑暗中的十二把槍就會不客氣。

「你冷靜啲，我唔係貴利成啲人，我可以向你證實，你啲屋企人暫時仲安全，為咗你同佢哋，最好唔好亂郁。」

此話一出，柯老闆便不敢動彈。「咁你想點？」

「我受人委託，要問你一啲問題，你如實作答就得，我唔希望任何人有事。」

「即係冇得揀啦。」

「貴利成同我講，你去問佢借過兩次錢，點解呀？」

「真係一匹布咁長，」柯老闆嘆了一口氣，「我以前係酒樓大廚，後來經濟唔好間間酒樓都執笠，成半年冇嘢撈，啲積蓄又使得七七八八，外父就畀面色我睇，又問我煮嘢咁叻點解唔自己做老闆，鬼唔知咩，有錢至得㗎，外父就介紹貴利成畀我識。我借咗啲錢開咗柯榮廚房。開頭有好多街坊同打工仔嚟幫襯，生意都OK，點知疫情一嚟冇晒生意，嗰排個個都賣兩餸飯，我又跟住賣，先叫做頂得住。」

「有幾個報道話你係良心老闆，喺疫情期間賣廿三蚊兩餸飯，有份報紙仲計埋你一日賺到幾多錢，生意唔錯。貴利成話你好快就還清條數，但係之後為乜又去借過呢？」

「良乜鬼心老闆吖，啲食材全部係走私貨，先有得賺，黑心老闆就真。疫情一過，個市好返，我就諗原先間舖得百零呎，坐都冇位坐，想發大嚟做，就再問貴利成借錢租埋隔籬間舖，一借就瀨嘢。嗰時人人有工開，嫌我啲嘢Cheap，又去晒旅行，生意仲差過疫情嗰時，隔籬間舖開咗一個月就執笠，本來想執埋原先嗰間，但又驚俾外父睇死，咪炒晒啲伙記，轉型淨係做外賣，入貨同煮嘢都係自己一腳踢。」

「你同三個外賣 App 合作，其中一個係 Fast Paced，咁你識唔識得任爾東先生呀？」

「阿東吖嘛，佢負責葵涌條 Line。」

「你覺得佢個人點？」

「我唔係同佢好熟咋，佢做咗 Fast Paced 三個零月。佢怕怕醜醜咁囉，幾有禮貌嘅，會同人打招呼，唔該前唔該後，不過就懶啲，次次都淨係接送去葵涌大連排道啲單。」

「大連排道邊幢大廈呀？」

「佢好奇怪㗎，淨係接中成工業大廈啲單。」

「你有冇問佢點解？」

「冇問呀，都唔關我事。」

「喺任爾東先生個外賣員工 App 度睇到，中成工業大廈呢三個月嚟，經常幫襯你嘅有六戶，你對佢哋有冇印象呀？」

「除咗七樓 6C，其餘都冇咩特別印象。」

「點解你對佢特別有印象呢？」

「因為 6C 條友次次都叫排骨年糕同鹹豆漿，可能我係上海人，正宗嘅啩，又可能係因為啲記者之前嚟訪問我，問我最拿手係乜，我就求其答排骨年糕同鹹豆漿，跟住有啲 KOL 嚟拍片，然後就有好多人嚟打卡。」

「咁你識唔識 6C 落單嘅人？」

「唔識，淨係知佢登記個名係阿虎。」

「中成工業大廈有人墮樓，你知唔知？」

「知，新聞賣晒啦……」柯老闆作出驚訝的表情，「就係 6C 個阿虎？」

「冇錯。」

「吓！」柯老闆吃了一驚。

「你係咪記起啲咩呀？」

「冇……冇呀，我只係覺得好橋啫。」

　　　　私家偵探叫一個保鑣給柯老闆看一幅照片。「你有冇見過呢個人？」

　　　　我的角度看不見照片中是誰。

「冇見過。」柯老闆只是匆匆看了一眼。

「但係佢話見過你喎，你諗真啲。」

「係咩？」柯老闆再看照片，煞有介事地用心看，看得出他在演戲，「好似有啲印象，佢好似朝早嚟過舖頭搵我傾偈同打卡。」

「我上網睇過啲人去你間舖打卡啲相，你應該因為冇做堂食，所以用塊版封住間舖，得一道木門出入，去過你度打卡嘅人都出Post話你從來唔開門，敲門又唔應，有幾次你仲鬧啲人煩住晒，咁點解你會同今朝去你度嘅人傾偈？」

「佢敲咗成朝門……咪開囉。」

「你講大話。」

「我冇呀！」

「其實係佢話係貴利成啲人你先開門，佢話貴利成肯畀你分廿期

還錢，但係要幫佢做一樣嘢，係咪？」

「其實你都知道晒啦，仲問？」

「請你回答。」

「佢叫我幫佢加白色粉落送去 6C 啲嘢食度，話係安眠藥，食唔死人，係貴利成用嚟教訓下 6C 個阿虎，話佢借錢唔還。我梗係唔信係安眠藥啦，邊有貴利會咁樣教訓人㗎，九成係毒藥啦。我開頭唔肯，佢就兇我話唔照做就日日搵人嚟搞我，又話事成之後免我一期錢，再分廿期還，我先肯咋。」

「嗰個人話自己係貴利成派嚟，你有冇求證過？」

「梗係冇啦，唔通仲打去煩貴利成咩？同埋嗰個人講得出我爭貴利成幾多錢，仲有假嘅？」

　　審問完畢，私家偵探到黑布外交代助手要查的事以及接收情報。待他處理完他的事，我便問他：「乜安眠藥唔係溝咗落 K 仔度咩？點解會變咗加落咗食物度喫？」

「貝文虎先生要趕 Demo，好大機會為咗保持清醒而唔吸毒，我估策劃落藥嘅人係為咗保險，姑且當佢就係幕後老闆先，萬一貝文虎先生冇吸到就由食物補上。」

「你頭先都冇提過啲嘢食度都有安眠藥㗎?係你助手搵到嘅新料?」

「我喺呢度之前,已經知道貝文虎先生嘅屍體驗出含有安眠藥同埋K仔,而兩樣同時食嘅可能性極低,所以我首先撇除佢自己主動食安眠藥嘅可能。我知道佢死之前叫過外賣,咁就估啲嘢食度有安眠藥,但當時未諗到點解有人要喺啲嘢食度加安眠藥,只係列為疑點。」

他拿出食物紙袋。「但係Fast Paced個封條貼紙一撕開就會有痕,咁就好大可能唔會係外賣員做,即係話落藥嘅人就係提供食物嘅人,但係之後聽到駒哥話啲K仔度有安眠藥,我就以為自己估錯咗,但我諗返起阿Kurt話食完啲嘢食之後好眼瞓,正常男人就算點邊,明知約咗個女仔又點會瞓到唔知醒呢?應該精神到瞓唔着先係,所以就請提供食物嘅柯老闆嚟審問。」

「你頭先畀柯老闆睇嘅相,係邊個嚟?」

「係我啱啱開偵探社嗰陣請嘅第一個助手,不過佢冇做好耐。」

「唔單只係助手,」在旁的保鑣宙哥插口,「江湖上人人都知,佢係偵探先生嘅徒弟。」

「我教咗佢好多嘢,佢好感激我,叫我做師傅,我都好樂意叫佢

徒弟。」私家偵探説。

「佢會唔會就係幕後老闆？」

「我好了解佢，佢一心只係想賺錢，但係唔想惹禍上身，所以幫人解決問題之後，收咗錢就咩都唔再理，亦唔會主動製造問題，通常製造問題嘅都係有野心嘅人，我估係幕後老闆請佢幫手。」

「咁你會唔會捉佢返嚟呀？」

「會，不過要請佢嚟唔係咁易，佢咁多年嚟做咗咁多唔見得光嘅嘢，一定有好多個竇，最壞嘅情況係收錢之後走咗佬，」他望一望身旁的保鑣宙哥，「頭先拜託你查下啲船家，查成點呀？」

「我已經派人問過所有船家，香港附近嘅海域由晏晝開始就一直都大風大浪，暫時都未有人敢開船，你徒弟應該未離開香港，除非搭飛機啦，我已經派人去機場周圍睇下。」保鑣宙哥説。

「佢收得人錢做嘢，筆數應該唔會細得去邊，而且一定會係現金，冇可能會帶咁多現金過關，加上有兇案發生，帶咁多錢一定會惹海關懷疑，所以應該唔會搭飛機，」私家偵探無奈地又説，「另外一啲涉事人仲未搵到，我啲助手又未有新料送返嚟，唯有再等多陣先。」

「你老實同我講，」我問私家偵探，「其實除咗我之外，你有冇諗到邊個最有動機殺細佬？」

「我講過，只係查到邊個係兇手，就自然知道動機。」

「咁即係等於冇講，或者你根本就諗到啲嘢而唔肯同我講。」

「可以講嘅我一定會講。」私家偵探模稜兩可地說。

「咁不如講下你個徒弟，你頭先話佢做好多唔見得光嘅嘢，佢係咩人嚟？」

「本來呢啲係佢嘅私隱，不過佢嘅身世同經歷可能同貝文虎先生嘅死有關，你都應該要知。」

他感慨地說，二十年前徒弟是個演員，對演戲很有熱誠，更為了提升演技到過美國進修戲劇，可惜回港後在演藝圈發展一般，銀行戶口剩下三位數，人窮志短，只好認命放棄理想。

「佢冇工作經驗，學歷又低，好多工都唔請佢，就嚟咗我度見工。做我哋呢行，其實同演員差唔多，都係要識得喺適當嘅時候做戲，唔好俾目標人物識穿，所以我就請咗佢。嗰時我間偵探社開張冇幾耐，佢係我第一個員工，而第二個就係貴利成，我哋三個感情好好。」

私家偵探説貴利成跟他有交情，原來是這個淵源。

「我徒弟同貴利成到咗三十歲左右，就開始為未來打算，想成家立室，但係做我呢行又搵得幾多吖，想買樓但係連首期都儲唔到，就另謀高就。之前佢哋識落啲『有背景』嘅客，要搵快錢就自然黐埋佢哋度。到依家我同貴利成都有偈傾，所以佢先過咁多料畀我。但係徒弟就行咗歪路，話辜負咗我嘅栽培，冇面見我，所以好耐都冇聯絡，」私家偵探十分黯然，「有時諗起都幾可惜，我徒弟係叻仔嚟，做正行可以幫到好多人。」

私家偵探嘆息他徒弟誤入歧途，他自己也不是替爸爸作「地下裁判」嗎？這豈非雙重標準？還是這位自命奉公守法的謙謙君子，是被迫做這種事呢？

「咁你徒弟同貴利成仲有冇聯絡？」

「唔止聯絡，仲一直有合作。」

「咁即係話，係貴利成話畀你知你徒弟收買柯老闆？」

「佢冇講，係我估到嘅。我徒弟專幫啲『大哥』做軍師，喺地下世界幾出名，所以當柯老闆話貴利成肯分多廿期畀佢還錢，就諗佢幫人落藥可能關我徒弟事，我就畀我徒弟張相佢睇，果然一睇就認得係佢。」

私家偵探又説：「其實貴利成爆咗一單嘢畀我知，我冇同你講到，佢話收到風，最近我徒弟同一個職業殺手行得好埋。」

「你徒弟搵職業殺手殺我細佬？」

「又未必關事嘅，可能係為咗另一啲嘢，我都講過，職業殺手做嘢唔會咁唔小心，不過呢個都係調查方向之一。」

他的話，令我想起他在審問毒品拆家駒哥後那「很推理小説」的假設。

「宙哥，其他涉事人到咗未？」私家偵探問。

「我諗要等多十五分鐘。」保鑣宙哥看看手錶。

此時，私家偵探的一個助手帶來一些新資料。私家偵探看了一會，便説：「趁呢段時間，我想再見下細卷同根叔，我有嘢問佢哋。貝小姐，你面色唔係太好，需唔需要休息多陣？」

「我冇嘢，不如盡快開始，我要搭早機去美國，想喺阿爸入手術室之前見下佢。」

開始新一輪審問前，我説要上網另外訂一張晚些出發的機票，以防審問時間太長來不及登機，要求私家偵探給我幾分鐘時間。

私家偵探說了一聲「請便」，便站在一旁，埋首研究新資料。

我拿出手機，指頭小心翼翼地按在屏幕。

外賣殺人事件

Food Delivery Murder

FAST PACED搜尋

「頭先你話，你見到看更坐咗喺大廈入口出面，你有冇記錯？」私家偵探問光圈中的細卷。

「冇，梗係冇啦。」細卷説。

「但係我睇過幢大廈嘅通告，話入口前面部份行人路維修緊，提醒用戶小心，而喺貝文虎先生出事之後，有圍觀嘅人將拍低咗嘅相 Post 上網，有幾張影到入口出面嗰段路鑿到爛晒，連行都行唔到，要經過就要行出馬路再行返上行人路，個看更冇理由會坐出去。」

沒錯，看更説過他去抽煙前，一直坐在入口裡面。

「係咩？我唔記得喇，可能我行到埋去先見到佢。」

「你話之前去過啲大廈，啲看更見到你嘅打扮就問長問短，即係話你一早就預計到呢個情況，應該一去到就即係刻搵後門，仲點會行正門呀？」

「我一時唔記得咗。」

「我就認為，你不嬲都係大搖大擺咁行正門。依家啲工廠大廈好多都有健身室、瑜伽室、餐廳、零售舖，仲有人偷偷地住埋入去，每日都有咁多人出出入入，啲看更根本就唔會理咩人入去，而中

成工業大廈就有齊我所講嘅嗰啲嘢，個看更又點會理你？」

「我記得喇，根叔啱啱行咗出嚟，佢望一望我，我就有啲心虛。」

「你識得個看更？」

「我點會識佢呀？」

「咁你又知佢叫根叔？」

「我……你唔好同根叔講我去過嗰度呀，求下你吖！」

「你同根叔有份殺死貝文虎先生，係咪？」

「我點會殺人呀！我都係睇新聞先知個工作室有人跳樓咋，同埋我根本就未見過貝文虎。」

「咁點解你要講大話？」

「因為我識得根叔，幾年前佢住喺我對面㗎，我驚佢認得我，咪行後門入去囉。」

「我畀過你張相根叔睇，佢話唔認得你喎。」

　　私家偵探在試探她，根叔明明説認得她是舊街坊，還説出她的全名。

「可能我咁樣打扮佢唔認得啫，唔信你叫佢嚟吖，唔係呀，你唔好叫佢嚟，佢知道我做援交一定會話畀 Daddy Mammy 知㗎，求下你唔好呀！」細卷突然激動得哭起來，顯得十分委屈。

「你講大話就係為咗唔想畀你父母知道你做援交？你叫我點信你呀？」

「我講真㗎，你信我啦！」

　　我也經歷過她的年紀，所有離經叛道的事都敢做，天不怕地不怕，只怕父母會知道。

「好，就當你冇講大話，咁點解你會喺案發現場出現，點會咁啱呀？」

「真係咁啱㗎，你睇下我電話啲紀錄吖，係阿 Kurt 臨時急 Call 我上去，仲話會加錢。」

「根本就係你同阿 Kurt 夾定，你上去係為咗幫佢做一件事。」

「做一件咩事呀？佢冇講過喎。」

「佢叫你攞走個外賣袋同埋啲 K 仔。」

　　對了，警方説工作室找不到 K 仔，又沒有提過外賣袋，難道真是被她借「交易」之名毀滅證據？

「冇呀，真係冇呀！」

「你講過你入去大廈後樓梯嗰陣，有個人戴住電單車頭盔，佢有冇攞住啲嘢？」

「好似有拎住個紙袋，係喇！一定係嗰個人拎走個外賣袋喇！」

「點解你頭先唔講？」

「咁我無啦啦俾人捉嚟呢度，好驚吖嘛，邊記到咁多嘢喎。」

「咁你記唔記得個頭盔係咩色，有冇花紋？」

「睇唔清楚呀，嗰度咁黑，淨係記得個頭盔反光……白色啩。」

　　然後，細卷將當時前往大廈、遇到根叔，以及之後的真實情況詳述一次。

「我問埋你最後一條問題，你見到根叔嘅時候，佢係坐喺大廈裡

面定外面？」私家偵探問。

細卷回答後，私家偵探便叫保鑣帶走她。

此時，保鑣宙哥叫私家偵探到二十九樓接一個電話，然後就回到我身邊。

「點解你要咁樣迫個女仔呀？一睇就知佢冇殺人啦，你有啲過份囉。」我怒氣沖沖地問私家偵探。

「我都知我好過份，但係我唔咁樣做，點樣迫佢講出真相呀？」

「咩真相呀？你想話阿 Kurt 先係真兇？冇理由㗎，佢殺咗人仲點敢留喺工作室呀？同埋佢為咩要殺細佬呀？」

「我冇話係佢，貝文虎先生係阿 Kurt 嘅『米飯班主』，殺咗佢，又點同你個個月攞錢呀？我只不過係借阿 Kurt 過橋嚟套細卷講啲嘢，唔咁樣迫佢，佢又點會記得返咁多重要嘅線索，同揭穿根叔講緊大話呀？」

根叔說過，細卷到達時他坐在大廈裡面，這與細卷的說法吻合，同時又與事實完全不一樣。

外賣殺人事件

Food Delivery Murder

FAST PACED搜尋

「做乜又叫我嚟呀，我知嘅嘢都講晒啦。」根叔疑惑地說。

「你話見到惠美斯小姐經過棟大廈，咁佢係從大廈嘅左邊行過嚟，定係右邊呀？」私家偵探問。惠美斯是細卷的真名。

「左邊。」

「你肯定？」

「肯定！」

「點解咁肯定呢？」

「我記得囉。」

「我估你記錯，或者係你嘅認知令你『記得』佢係由左邊行過嚟。」

　　私家偵探說，細卷已經說出當時發生的事：她從港鐵站出來，一直向中成工業大廈方向走。港鐵站在大廈左邊，她從左邊走到大廈入口，見到根叔坐在裡面，她一眼就認出他，不敢進去，當時他在玩手機沒有留意她，她就繼續向前走，然後裝作走錯路折返從後門進入。她走到入口前，已經看到大廈左邊的後巷有個後門。

她折返時經過入口，根叔這才看見她，她就嚇得急步進入後巷，匿藏在暗處。她一直望住後巷外面，怕他會去找她，他之後真的走過後巷，不過就沒有入內，而是繼續前行。她見他走了，本來想從正門入去，但又怕他返回，所以一直在後巷等人開後門。

「你話你冇離開過大廈，你點解釋？」私家偵探問。

「唉，我都唔想行開喍，不過煙癮起，又食晒啲煙，本來想用新買嘅戒煙貼頂下嘅，不過之前用過根本就頂唔到癮，諗諗下都係唔鬼用，跟住過去隔籬大廈嘅便利店買煙，見餓又順便叮咗啲燒賣食，我都係去咗十分鐘啫，我又唔係成日係咁，點知咁鬼邪，衰一次就俾人撞到。我唔係有心呃你喍，不過我驚俾人知我『鼠』咗出去會俾人炒。」

我猜，根叔的電話定位在晚上七點到八點半之間，一直都顯示在中成工業大廈，是因為那便利店同就在旁邊，兩個地方實在太接近，所以定位在差不多位置。

「咁即係貝文虎先生墮樓嘅時候，你仲喺便利店啦。」

「嗰陣我啱啱出咗便利店，行咗幾步，就見到大廈前面有啲嘢跌落喍，好大聲『呯』咗一聲，以為有人掉嘢落街，行近啲睇先知係個人喍。」

「你喺便利店度有冇見到咩人？」

「得個店員同埋我，嗰個人跌落嚟嗰陣個店員都有出嚟望，望咗幾眼又返返入去，可能驚要做證人啩，如果我唔係看更，條屍又唔係跌正喺大廈門口，我都唔想理。」

「即係話得你同店員兩個人見到。」

「係呀……咪住先，我行出便利店嗰時，好似仲見到成日送嘢嚟嗰個外賣仔。」

「佢嗰時喺邊？」

「佢喺對面馬路兩頭望，好似想截的士，不過我幾十歲睇嘢唔多清楚，唔肯定係咪佢，不過嗰個鐘數，除咗送外賣嘅人同送貨工人，工廠區都好少有人。」

「佢當時有冇拎住嘢？」

「攞住個頭盔同紙袋。」

「個頭盔咩色？」

「白色。」

「佢見到有人墮樓有咩反應呀？」

「佢唔知係咪嚇親，即刻走咗去第二條街，啱啱有部的士駛過，佢就上咗車。」

根叔離開後，我馬上拉私家偵探到黑布外面，提出我的想法：綜觀事件發生前後，外賣員都彷彿從未「缺席」，雖然他不是兇手，也至少與兇案有關係。

私家偵探同意我的想法，又補充說：「假設根叔見到嘅係外賣員任爾東，佢手上嘅紙袋裝住食物，咁點解唔揸電單車而要搭的士呢？唯一嘅解釋，就係部電單車一早就唔喺附近，佢亦都唔會搭的士去送餐。佢手上嘅紙袋裡面，就係阿 Kurt 食完嘅空盒同空杯。」

他打開一份新資料。「我助手查過，墮樓之前嘅十分鐘，有清潔公司嚟倒過一次垃圾，而喺警方嘅調查報告裡面，話七樓嘅大型垃圾收集箱係空嘅，單位裡面亦都冇嗰個紙袋。所以佢嘅任務除咗喺 K 仔度加料，仲有毀滅證據。」

他給我看一張卡通人物餐具套裝的照片。「仲有，呢套餐具可以喺嗰間便利店用印花加錢換，亦可以畀錢買，其中有一把牛油刀，就係我頭先畀你睇嗰把，雖然唔係好鋒利，但係我啱啱搵啲木材試過，用力啲鏘落去可以整凹嗰木。我助手問過便利店店

員，佢話八點幾有人買走咗最後一套餐具套裝。所以我助手就去咗另一間便利店買。」

「你意思係把刀係個外賣仔買嘅？」

「唔敢肯定。我助手問過個店員記唔記得買餐具套裝嗰個人咩樣，但係佢話唔記得，淨係記得係個後生仔。我助手想收買個店員擺走便利店條 CCTV 片，但係店員話條片俾警察擺走咗。」

「一個男人買卡通餐具……有啲唔尋常喎。」

「我估計買刀嘅人應該係臨時想買，而唔係早有預謀。」

　　私家偵探整理了一下思緒，便綜合出他對此事件的推想，即是他那個「很推理小說」的假設：一名神秘的幕後老闆為某種理由策劃殺害弟弟，而且需要製造弟弟死於意外的假象。

　　第一步，幕後老闆收買或迫使柯榮廚房的柯老闆、毒品拆家駒哥，以及 Fast Paced 外賣員任爾東，在毒品及食物中混入安眠藥，雙管齊下令弟弟沉睡。已知收買柯老闆的執行人是私家偵探的徒弟。

　　第二步，外賣員負責收拾毒品及食物空盒空杯。

　　第三步，外賣員弄壞冷氣（可能巧合地真的壞了，不過機會不高），合理化在炎炎夏日打開窗戶，同時偷走低音電結他及手錶，偽裝為劫殺（或者謀殺與劫殺同時發生）。

　　第四步，有同謀（可能是職業殺手，但私家偵探分析過機會很微）趁看更根叔去了便利店，從正門進入大廈，比援交少女細卷早一步進入工作室，推弟弟下樓，造成弟弟吸毒後失足的假象，而在後巷中看到的高大男人，可能是幕後老闆派來的，任務不明。

　　另外，有幾點還存在疑問，第一，為甚麼弟弟會有刀傷？可能是兇手怕弟弟突然醒來反抗，用以自保，而這把「兇刀」可能就是外賣員買的牛油刀，為免兇手被店員認得，於是由他購買然後交給兇手，但暫時沒有證據，不能確定；第二，為甚麼要偷體積如此巨大的低音電結他？一來帶在身上容易被人發現，二來在外行人眼中根本不值錢。

　　而最大的疑問是，為甚麼非要選擇這天行兇？又要派烏合之眾去完成任務？唯一可能就是「必須在這天下手，否則沒有機會」。從弟弟的身分及爸爸要接受手術去推敲，只有一個可能，就是有人不想萬一手術失敗，爸爸身故，弟弟便可繼承遺產。

　　最終，最大嫌疑的還是我。

　　不過，私家偵探已經接受了我的解釋，我不會作如此沒有把

握的行動，更不會蠢得明知自己最可疑還殺死弟弟。

　　私家偵探的解說雖然清晰，但還沒有誰是兇手的頭緒。可惜外賣員到現在還未醒，否則可能會知道更多資料。

「唔好介意我問一個比較私人嘅問題，貝生除咗你同貝文虎先生，仲會唔會有其他仔女呢？」私家偵探問我。

　　他的意思很明顯，就是爸爸的其他私生子女打遺產的主意。

「以我所知就冇，媽媽根本就唔『介意』阿爸玩女人，阿爸冇理由要瞞住我哋。」

　　此時，鐵籠電梯傳來聲響，應該又有涉事人送到這樣，我以為這人會先被帶到二十九樓，先受保鑣宙哥的「訓示」才帶到三十樓，誰知電梯沒有停下。

　　保鑣宙哥馬上帶我和私家偵探進入審問室，先叫我坐在黑暗區域，再叫私家偵探留在光圈中。

　　我聽到外邊的電梯門打開。

「你哋帶咗邊個嚟呀？」私家偵探好奇道。

「好快你就知。」保鑣宙哥説。

黑布掀開，一個雙手反綁的中年男人被帶到私家偵探面前。

從兩人的表情看出，他們互相認識。

外賣殺人事件

Food Delivery Murder

FAST PACED搜尋

「宙哥，點解你要帶阿成嚟呀？件事同佢無關喎。」私家偵探問保鑣宙哥。

「既然你喺貴利成度收到咁多料，不如捉佢返嚟直接問啦，唔使傳紙仔咁麻煩。」保鑣宙哥走進光圈。

「我冇話過要帶佢嚟喎。」私家偵探有點激動。

「偵探先生，你唔好唔記得，呢度我話事。」保鑣宙哥說。

　　保鑣宙哥叫手下拉一張木椅到光圈中，向私家偵探及貴利成說：「你兩個坐低，偵探先生，你有嘢問就直接問。」

「阿宙，」身形健碩及滿面油光的貴利成斜眼望向保鑣宙哥，「咁多年冇見，嗰時成日走嚟問我借錢，依家就身光頸靚，咁又係，泊到個好碼頭，做緊貝青松隻狗。」

「狗你老味呀！」保鑣宙哥一腳踢倒貴利成，他的臉撞向地板，鼻孔及嘴角流出鮮血。保鑣宙哥踩住貴利成的背脊，「呢嘢還返畀你嘅！」

「你嗰時唔還錢都預咗俾我打鑊㗎啦，」貴利成笑了起來，「都咁多年啦，咁 X 記仇呀？」

「搵人過嚟執返起條 L 樣!」保鑣宙哥一聲令下,兩個保鑣上前,一人一邊揪起貴利成,重重放回椅上。

「你唔好俾我出得返去,唔係我就切 X 咗你細佬餵狗,殺埋你全家,要你 X 家鏟!」

　　我本想叫貴利成不要再挑釁保鑣宙哥,他發起火來真的會開槍殺人,但我還是忍住沒說,否則貴利成可能死得更快。

「你出到去先講啦。」保鑣宙哥冷笑。

　　私家偵探與貴利成相對而坐。私家偵探背對着我,雖然看不到他的表情,但見他背脊一起一伏,應該是在用力呼吸,顯然很不安。

「阿成,對唔住,累咗你。」私家偵探愧疚地說。

「唔關你事喎,」貴利成勉強地笑,「阿宙話你有嘢要問我,問啦。」

「我冇嘢要問。」

「冇嘢問嘅,佢『走』得㗎喇。」保鑣宙哥拔出手槍,指住貴利成的太陽穴。

「好，我問，」私家偵探揮揮手，示意保鑣宙哥收回手槍，但他只是垂下手槍，「阿成，我徒弟去搵柯老闆單嘢，你事先知唔知情？」

「知，你徒弟早排叫我畀晒啲欠單佢睇，話有單大嘢搞緊，搞掂咗大把油水，會分一半畀我，我就問佢搞緊乜，佢冇答我，直到搵到柯榮廚房柯老闆張欠單，就笑笑口話『今次有計』，又話佢幫個『老細』度緊橋隊冧條友，但係要搞到係意外咁，而柯老闆就係呢件事嘅關鍵人物。」

　　跟私家偵探的推理一樣！

「你知唔知條橋係點？」

「佢冇講，佢話費事我知道太多會惹禍上身，唔知好過知，淨係叫我畀柯老闆張欠單佢 Keep，仲話唔好追柯老闆還錢住，佢好有利用價值，時機一到就會去搵佢『傾偈』。」

「咁即係你都唔知單大嘢係乜啦。」

「唔知呀，不過佢講到咁，我覺得件事唔簡單，會有手尾跟，我勸過佢唔好掂，不過佢冇聽。」

「宙哥，佢真係乜嘢都唔知，你放過佢啦，有咩事我負責吖。」

私家偵探懇求保鑣宙哥。

「你明知貴利成知道咁多嘢都唔捉佢返嚟，負責就梗㗎喇，繼續問！」保鑣宙哥命令私家偵探。

　　私家偵探嘆了一聲。「你知唔知我徒弟喺邊？」

「唔知，就算知都唔會講，我份人冇咩好，好在仲有啲義氣。」

「佢唔講就你講啦，偵探先生，」保鑣宙哥用槍指向貴利成，「你徒弟喺邊？」

「我唔知。」私家偵探搖頭。

「全世界都知你哋感情好好，你會唔知？」

「你唔信嘅可以殺咗我。」

「你唔好以為有貝生睇你我就唔敢殺你，不過單嘢未搞掂，你仲未死得住，」保鑣宙哥從口袋拿出一張紙條，上面寫着一堆潦草得看不懂的文字，我認得是私家偵探的字跡，「呢張咩嚟㗎？」

　　私家偵探及貴利成都沉默了。

保鑣宙哥端詳紙條上的文字。「寫到咁潦，有嘢唔想畀人知呀？」

「呢個係我設計嘅寫法，只有我同助手睇得明，可以話係一種『密碼』，係用嚟保障委託人嘅利益，以防我寫嘅嘢外洩。」私家偵探解釋。

「偵探先生，你真係好專業，不過你嘅助手就唔多專業喇。」保鑣宙哥打了一個響指，私家偵探其中一個助手被帶了進來。他滿面瘀青。

「對唔住呀，係我爆畀佢哋知㗎。」那助手向私家偵探説。

「請你唔好難為佢，」私家偵探向保鑣宙哥説，「佢係跟我指示先咁做。」

保鑣宙哥叫手下帶走那助手後，説：「偵探先生，下次請助手記得請個醒啲嘅，佢交張嘢畀貴利成嗰時手都震埋，我啲人一睇就知有蠱惑，兜多幾下就乜都爆晒出嚟。佢話張紙寫住『徒弟速逃』同『搵細鬼』。你想叫貴利成搭路畀你徒弟走，細鬼就係搭路嘅人。我出嚟行咁耐，都未聽過細鬼，佢係邊個？」

「好，我講，但係請你唔好傷害阿成同我助手。」私家偵探説。

「咁就要睇你表現喇。」

「細鬼係運輸公司老闆,有幾十部中港私家車,載人去深圳啲超市買嘢,但係我都唔知我徒弟上咗邊部車,我估佢已經過咗關。」

「我一收到張紙,就偷偷地通知佢搵細鬼,」貴利成笑說,「都隔咗咁耐,佢去到西伯利亞都未定。」

　　原來我之前問私家偵探是否會捉他徒弟回來,他回答「徒弟收咗錢走埋佬」云云,是故意做給保鑣宙哥看,令他放下戒心,誰知保鑣宙哥「魔高一丈」。

「點搵到細鬼?」保鑣宙哥問。

「澳洲,佢幾個月前移民過咗嗰邊。」私家偵探說。

「移咗民點 Run 香港間公司?你係咪玩嘢呀!」

「我講嘅全部都係真話。」

「阿宙,」貴利成插話,「好多人移咗民都繼續做香港嘅生意喫啦,你唔係咁都唔知呀?做狗做得耐個腦萎縮呀?」

「未到你講嘢住,收聲!」保鑣宙哥向貴利成大喝。

「你要吠就死遠啲,睇住你啲口水滴濕我件衫,我件衫好貴㗎,驚你賠唔起呀,門口狗!」

「X你個街吖!」保鑣宙哥拉動手槍槍機,子彈「咔噠」一聲上膛。

「宙哥,求下你唔好殺佢,我之後仲有嘢要問阿成,唔該你帶佢落去先。」私家偵探緊張地説。

「佢捉得我返嚟,我都預咗死,你唔使求佢。」貴利成説。

「阿成,你講夠喇!」私家偵探截住貴利成。

　　保鑣宙哥怒不可遏,但也不敢隨便殺死可以提供重要資料的貴利成,便將滿腔怒火發洩在他身上,對他拳打腳踢,打得滿地鮮血,發洩後才吩咐手下拖貴利成到二十九樓。

「宙哥,其實你想搵我徒弟,無非都係想知道邊個係幕後老闆啫,我仲有其他方法,希望你放過阿成。」私家偵探説。

　　保鑣宙哥揪住私家偵探的衣襟。「你最好唔好再同我玩嘢,快啲搞掂單嘢,如果唔係貝生追究起上嚟,你同我都好唔掂!」

　　保鑣宙哥放開手,問手下:「喂,下一個人嚟到未?」

「飛車嚟緊。」手下見保鑣宙哥火氣極大，嚇得頭也不敢抬起。

「宙哥，」我一步一步走入光圈，「我可唔可以同偵探先生傾幾句呀？」

外賣殺人事件

Food Delivery Murder

FAST PACED搜尋

得到保鑣宙哥的同意後，私家偵探坐到對面的座位。

那邊地上留有貴利成的血跡，他大概是因為風度，不想我沾染穢物，或是出於準備「被我審問」的自覺，坐在「涉事人」的位置。

「貝小姐，有乜嘢你即管問就得。」

我坐在他對面。「你唔好誤會，我唔係要審問你，我只係想知道，你仲有啲咩嘢瞞住我？」

「除咗我想放過我徒弟，我冇嘢瞞住你。」

「咁你仲有查到啲乜，懷疑啲乜，仲有跟住仲有幾多人會捉㗎，你可唔可以同我講呀？」

「可以講嘅我都會講，但係有啲嘢我唔講得。」

「咁我可唔可以唔留喺度呀？你哋又殺人又打人，我好驚呀！我見到血好唔舒服呀！求下你吖。」

「老實講，我都好頂唔順，不過呢度唔到我話事，唔好意思。」

「其實你明知阿爸叫你做呢啲咁嘅嘢，你仲會幫佢嘅？」

「我冇諗過會搞成咁，我以為會好似之前咁樣，純粹審問下啲人。」

他頓一頓又説：「我之前講過，呢個審問設定，係我喺外國受訓嗰時學返嚟，我當時廿幾歲，本來雄心壯志想加入嗰邊嘅調查機構，學以致用，不過實習嘅時間見到啲調查員好唔人道咁對待啲疑犯，我開頭都以為自己接受到，但之後晚晚都發惡夢，最尾就返咗香港開偵探社。開頭都係幫人捉姦、跟下啲明星，後來香港啲雜誌狗仔隊越做越專業，我啲生意開始差，直到遇到貝青松先生，佢搵我幫手……之後就多咗合作。」

他説到這裡好像欲言又止，我禁不住好奇心。「阿爸搵你幫咩手呀？」

「幫佢搵一個人，不過詳情唔方便講。」

「之後呢？阿爸同你合作啲咩？」

「都係啲生意上嘅調查，例如競爭對手嘅投地標書內容，跟住就開始查一啲佢嘅私人嘢，我嘅工作開始多，就慢慢培養啲助手幫我。」

「私人嘢？係咪阿爸嘅私人恩怨？你幫佢報仇？起人底？」

他沒有回答，只是抿一抿嘴，似是默認。「合作耐咗我就同貝生講，我學過一套審問技巧，如果下次有需要我可以試下用嚟幫佢，後來用過幾次，佢幾滿意個效果，間中都會用到，」私家偵探看看保鑣宙哥，「每一次宙哥都有參與。」

「係咪次次都係咁大陣仗㗎？」

「唔係，最多都係審問一兩個人，宙哥最多出動四、五個人，而且唔會好似今次咁樣，一路審問一路邀請啲涉事人返嚟，最唔同嘅係，今次係第一次有人死、有第二個人同我一齊審問，即係你；同埋個場唔係由我 Set up，亦唔俾我檢查，至於原因我就冇問。」

「宙哥，點解今次唔係偵探先生負責嘅？」我問。

「呢個係貝生嘅意思。」保鑣宙哥説。

我也猜到他會如此回答。

「我知道嘅嘢其實好少，所以先要咁嘥時間逐個逐個問。」私家偵探説。

「其實你知道嘅嘢比我多，阿爸乜都冇同我講。」

「貝先生做嘅嘢有時會有啲踩界，佢唔想你知都係為你好啫，喺

爸爸嘅角度，梗係想仔女生活喺簡單啲嘅世界，正如我做嘅嘢都冇同個仔講。」

「你咁唔想你個徒弟做犯法嘢，咁點解當你知道原來阿爸要你做埋啲咁嘅嘢，你唔即時拒絕呀？係咪阿爸迫你㗎？」

　　私家偵探搖搖頭。「我自願嘅。」

「貴利成話俾人捉得㗎就預咗死，點解佢會咁講嘅？」

「小姐，」保鑣宙哥硬生生打斷我們的對話，「我諗你問嘅問題都差唔多喇，你休息下先，我有啲嘢同偵探先生傾下。」說罷，他略帶粗暴地抓住私家偵探的手臂，帶他到黑布外。

　　我在等候他們回來時，疑竇不斷湧出：到底爸爸有甚麼事瞞着我呢？按理私家偵探應該是他信任的人，為何所做的一切都要由親信保鑣宙哥代辦，私家偵探只是「工具人」？為何要沒收私家偵探的電話，手提電腦又不能上網呢？爸爸怕他出賣自己？私家偵探受到爸爸威脅？為何要「屯重兵」呢？如果真是為了保護我，不叫我來就行了吧？

　　或許……我才是這件事的關鍵人物之一？甚至沒有之一！

　　我再細想下去，一個非常可怕的想法冒了出來：爸爸不想這

次非常審問張揚開去,所有涉事人都要死!

我也要死嗎?

私家偵探及保鑣宙哥二十分鐘後回來,私家偵探與我重新坐回黑布內的黑暗區域,下一個涉事人已經帶到來大廈。

「你同宙哥傾咗啲咩呀?」我輕聲問私家偵探。

「我唔可以講,唔好意思。」

明知他不肯回答我的問題,但我還禁不住好奇心。

「跟住嚟嘅係咩人呀?」我問。

「同你公司有合作關係,不過唔知你哋熟唔熟。」他説出涉事人的名字。

公司所有合作計劃我都會親自參與,與有關人士或多或少有些交情,但那涉事人與我不只是一般生意上的交情,更是非常熟悉,因為這個「合作關係」我花了不少心思和時間促成,而他是我非常看好的人。

想不到弟弟的死竟然與他有關。

Deliver

FAST PACED搜尋

「你哋捉我嚟做咩呀？放開我呀！」光圈中的男人大叫大嚷，扭動脖子，試圖甩掉頭套。

以我認識的他，是個堅強、冷靜的人，而且斯文內斂，不經意流露幽默感，令萬千女士着迷，此時卻與其他涉事人一樣，都是發了瘋似的，這刻我才看到他的另一面。

掀開頭套，他略帶桃花的雙眼通紅，明顯哭過。他是我公司的代言人郭鳴。

「郭生，請你冷靜啲。」

私家偵探試圖安撫他，他卻越發激動。「你哋夾硬捉我返嚟又綁住我，呢啲叫『請』咩！放咗我呀，放咗我呀！」

「郭生，你唔為自己，都為下你太太，佢依家粗身大勢，有啲咩事咪盞累埋你太太肚裡面個 BB。」

「求你放咗我太太先，唔關佢事㗎。」

「唔關佢『事』，你所講嘅係咩『事』呢？」

「我意思係……係……你問咩我都會答，你放咗佢先，佢有咗BB，你哋困住佢會嚇親佢㗎。」

　　沒錯，孕婦真的不能受驚，否則會動到胎氣。

「咁就要睇下你合唔合作。」

　　郭鳴無奈地點點頭。「我會合作。」

「有啲娛記朋友同我講，你喺結咗婚同太太懷孕之後，仲經常同一個女人出入酒店，有冇咁嘅事？」

　　與郭鳴簽約後，為了維護他的正面形象，我收買了所有娛樂新聞編輯，一切郭鳴的負面新聞，無論真假都不能報道，我亦教郭鳴一律否認對他不利的傳聞，可是我考慮得不夠周詳：不報道並不代表不能洩露。

「冇啲咁嘅事，」郭鳴回答，「可能佢哋見到嘅女人係我經理人，我哋好鍾意去酒店嘅 Cafe 傾嘢。」

「傾嘢點解唔返公司傾呀？」

「佢話酒店舒服啲，可以飲下嘢。」

「最近有記者影到你去車行睇車，嗰度啲車閒閒地都過百萬，睇嚟你喺電視台份人工都唔錯喎。」私家偵探用反話的語氣說。

「我知憑我依家嘅名氣仲未賺到咁多錢，睇下都得啩。」

「我有一份車行嘅紀錄，你上個月落訂買咗部車，價值二百三十萬。」

「係一個朋友送嘅，話賀我生日。」

「如果我啲記者朋友冇收錯風，你位朋友應該係簡明集團嘅主席簡香金女士。」

「係，我係佢公司旗下 Fast Paced 嘅代言人，我哋都幾傾得埋。」

「傾得埋就送咁厚禮畀你？」

「佢話多謝我做咗代言之後，Fast Paced 多咗人識。」

「定係佢想你做佢『契仔』呀？講白啲即係佢要求同你有長期肉體關係。」

　　郭鳴沒有反駁，一臉羞愧地垂首，這就是默認了吧！真想不到他是這種人，令我好失望！我一向以為自己眼光很好，原來我一直都看錯人。

「以我所知，除咗貝青松先生嘅貝官集團，黃冊集團主席黃啟

文先生都有搵過你代言新樓盤，睇嚟你紅咗之後，唔單只外賣App，連房地產界對你都好有興趣。」

　　黃啟文即是黃叔叔，他有提過找郭鳴做代言人，不過因為郭鳴已經先跟我公司簽了合約作樓盤代言人，根據合約他不可代言同類產品，但黃叔叔繼續跟郭鳴談其他產品代言。

「條件啱嘅咪接囉。」

「你結婚之前有個圈外女友，佢出軌之後俾人起底：佢係你喺美國讀書嗰陣嘅同學個妹，你同前女友仲有冇聯絡呀？」

「冇。」郭鳴堅決地說，眼神帶有恨意，看來對於前女友出軌還耿耿於懷。

「咁佢阿哥呢？即係你舊同學。」

「有間中出嚟敘下。」

「佢做邊行？」

「唔記得幾耐之前佢做過私家偵探，依家佢話同人搞緊生意。」

「搞緊咩生意呀？定係一啲唔見得光嘅嘢呀？」

「呢層我就唔多清楚,我同佢係普通朋友,佢冇必要講咁多嘢畀我知。」

「你哋唔係普通朋友咁簡單。你呢個舊同學喺你啱啱入電視台嗰陣,知道你一個月接得一組至兩組戲,底薪又低,搵埋都唔夠交租,就問佢做嗰間偵探社個老闆借錢,資助你嘅生活,仲成日同佢老闆講你永遠都唔會忘記佢對你嘅恩。」

如此私人的事,不論私家偵探如何消息靈通也不可能會知道,除非他認識郭鳴的舊同學。

「你究竟係咩人,點會知道我咁多嘢?」郭鳴問。

「一個會令你好麻煩嘅人,不過你肯坦白啲,你啲麻煩會好快消失。」

郭鳴沉默不語,彷彿在調整情緒,迎接接下來的麻煩問題。

「喺你個銀包度搵到張 Golf Club 嘅會員卡,」私家偵探繼續說,「呢間 Club 一年會費都要三十萬,你好鍾意打 Golf ?」

郭鳴練得一身肌肉,這種身形絕不適合打高爾夫球。

「係黃生邀請我入會嘅,佢係呢間 Club 嘅永遠榮譽會員。佢想搵

我做佢公司一啲產品嘅代言，佢話鍾意一路打 Golf 一路傾嘢。」

　　黃叔叔出席公開活動都拿拐杖，所有人都知道他行動不便，「一路打 Golf 一路傾嘢」根本說不通，郭鳴連說謊都不會，真笨！

「你入會之後嘅一個月，你就認識咗簡明集團嘅簡女士，兩個月之後你就做咗佢旗下 Fast Paced 嘅代言人。我睇過一份討論區流傳嘅『富婆契仔』名單，你排第一，你知唔知呢件事？」

「知，電視台都有回應過。」

「電視台唔單只回應過，仲為咗呢件事公布咗新藝員守則：如果有旗下藝人做出這些『有違道德及損害公司形象』嘅事，一律雪藏甚或直接終止合約，而你又偏偏做簡女士嘅『契仔』，你唔驚斷送咗你嘅演藝前途咩？定係佢表明會包你一世，唔憂冇前途，又或者你有其他後路，斷送咗前途都冇所謂呀？」

「我根本就冇做邊個人嘅『契仔』！」

「我都係嗰句，你肯坦白啲，你啲麻煩會好快消失。黃生同簡女士曾經有商業上嘅合作，而簡女士出晒名成日換『契仔』，而你就係 Number 1『契仔』，黃生就介紹你畀簡女士識，而佢咁做當然唔係順水人情咁簡單，而係作為同簡女士傾合作競投新地皮前嘅見面禮，雖然最後兩間公司傾唔成合作，但係你就繼續同簡

女士一齊，不過好快佢就換畫，搵咗個 Number 2，我估係玩厭咗你，又或者你已經泊到另一個好碼頭。」

「其他嘢我唔想多講，我淨係想講每人都有個價，我覺得我咁做冇錯，同埋你話簡女士玩厭我、我泊到好碼頭都估錯晒，係因為我就嚟做人爸爸，我唔想生活再咁混亂。」

「講返你個舊同學，你哋咁好兄弟，你有任何要求佢都一定唔會托手睜。正如你所講，每人都有個價，你曾經要佢求幫你做嘢，事成之後會畀佢應得嘅報酬，而呢個要求，就係要幫你殺一個人，呢個人就係喺中成工業大廈墮樓嘅貝文虎先生⋯⋯」

「我冇！我冇！唔關我事㗎！唔關我事㗎！」郭鳴如此激動的反應，根本就在承認一切都與他有關。

「麻煩你冷靜啲聽我講埋落去。」

「救命呀，快啲救我呀！」郭鳴完全失控，叫得更大聲。

郭鳴的身旁的保鑣左一拳右一拳揮在他面上，終於令他住口，但他卻由求救變成大哭，吵得令人耳朵非常難受。

待他哭聲漸漸減弱，私家偵探才說：「我已經搵到你哋聘請嘅職業殺手，佢已經講咗係由你指使佢⋯⋯」

「個殺手唔係我請㗎!係有人叫我咁做㗎咋!貝文虎唔係我殺㗎!」郭鳴突然一躍而起,想跑向入口方向逃走,他身旁的保鑣一撲而上,從後拉住他,但郭鳴十分壯碩,身軀大力向後一撞,保鑣便被彈開,下一秒郭鳴已離開光圈,沒入黑暗。

黑暗中「失去」視覺的我,對微細的聲音分外敏感,我聽到除了郭鳴疾走的腳步聲,還有四周手槍上膛的聲音。

私家偵探馬上大叫:「宙哥,你叫佢哋唔好開槍呀,我仲有好重要嘅嘢要問佢!」

聽到私家偵探的話,郭鳴才驚覺黑暗中危機重重,馬上停下腳步。「快啲救我呀,我唔想死呀。」

「你返嚟先啦,佢哋真係會開槍㗎!」作為全場唯一一個不可以說話的人,我終於忍不住開了口。我知道我違反了協定,之後一定會被爸爸怪責,但我真的不想看着郭鳴出事!

此話果然奏效,郭鳴慢慢走回光圈之中,但沒有坐下,只是目光呆滯地對着我和私家偵探的方向。他嘴唇張開,微微震動,像是有話要說,可是一個字都沒有說出口。

大概半分鐘,他帶着好像想到甚麼似的表情,輕輕吐出:「係咪你呀?」

他口中的「你」就是我，因為他認得我的聲音。我不敢回答，屏住呼吸，我不想再次違反協定，更不希望他聽到我說話會有預計不到的反應。

私家偵探催促郭鳴坐下，但郭鳴好像甚麼都聽不到，只是重複問道「係咪你呀？」。

「宙哥，麻煩你帶郭生落去先啦，我諗佢暫時唔係太適合留喺度。」私家偵探説。

就在幾個保鑣向郭鳴移近，郭鳴倏地如箭一般狂奔向我和私家偵探，口中大叫：「你快啲救我呀！」

保鑣宙哥龐大的身軀早擋在我身前。

*呼呼呼呼呼呼呼呼！*

郭鳴迅雷不及掩耳的箭步亦不及子彈的速度，最終在中途「噗」一聲倒下。

我雙腿不住發抖，要抓住保鑣宙哥的手臂才勉強站起，繞過他再摸黑一步一步向前走，直到踢到倒下了的郭鳴。我蹲下撫摸他，肌肉還是如此堅實，體溫仍然如日光溫暖，卻沒有了氣息。

我跪下嚎啕大哭。

「小姐，」保鑣宙哥從後叫我，「麻煩你借一借，等我哋搬走條屍。」

我站起，在黑暗中胡亂揮拳，有幾下打中保鑣宙哥的胸膛。「我叫咗你唔好再殺人㗎！你點解唔聽我講，點解呀！點解呀！」

保鑣宙哥沒有閃避，讓我盡情發洩後，便與我和私家偵探到外面。

外邊下起暴雨，我把沾了郭鳴鮮血的雙手伸出護欄外沖洗。看到紅色的液體滴下，我彷彿聞到血腥味，胃部便躁動起來，很想嘔吐，卻甚麼都吐不出。我再吃下止嘔丸，再灌了幾口隨身帶備的暖水。

「小姐，令到你咁舒服真係唔好意思，不過為咗保護你……」

「得喇，唔使講，」我打斷保鑣宙哥的話，問私家偵探，「你點知郭鳴有份殺我細佬㗎？」

「郭生嘅舊同學就係我徒弟。我本來唔會諗到郭生有份，就算佢同我徒弟幾熟，都唔會合謀殺人，不過既然係我徒弟嘅朋友，程序上我會搵人查下佢，點知去到佢屋企，就發現佢同佢太太都唔

喺度。樓下個保安話佢喺個幾鐘頭前，同埋太太拖住行李好急咁揸車走，兩個都着住屋企衫，走得咁急，真係好可疑。」

然後，私家偵探叫宙哥通知原本打算在機場截住徒弟的幾個保鏢，去機場停車場看看有沒有發現郭鳴。不久，郭鳴與他太太果然出現，二人走得很快，還不斷四處張望。一個保鏢截停他，遞上電話，訛稱徒弟的同伙有重要事跟他說。那「同伙」其實是私家偵探。

（我想起私家偵探第二次審問援交少女後，保鏢宙哥叫他接電話，應該就是那時與郭鳴通話。）

郭鳴問私家偵探，徒弟的電話一直打不通，他到底去了哪兒？又說貝文虎的爸爸已經知道了所有事，他與太太到達日本才跟徒弟聯絡，他們要趕上飛機，說完就匆匆掛線。

「郭鳴真係請咗職業殺手殺我細佬？」我問。

「我唔敢肯定係咪佢請，不過從郭生嘅反應就一定同佢有關。我已經查到我徒弟最近經常接觸嘅職業殺手係邊個，佢呢十年嚟做過幾單大嘢，每次都做到被殺嘅人係死於『意外』，咁就同貝文虎先生嘅『意外』墮樓好相似。即係話，我徒弟好有可能係職業殺手嘅聯絡人，郭生就係幕後老闆或者中間人。」

「我諗郭鳴唔會係幕後老闆，我同佢都算係幾熟，佢份人好善良。」

「雖然知人口面不知心，不過我都唔信佢會係幕後老闆，佢根本就冇殺人動機，所以係中間人嘅可能性大啲。」

此時一個保鑣從樓梯上來。「宙哥，條友醒返喇。」又在保鑣宙哥說了幾句，只見保鑣宙哥平靜的面色慢慢堆積怒意，執起牆邊一支水喉通。

「拘條 L 樣上嚟！」狂風帶來的陣陣涼意，都被保鑣宙哥眼中的怒火迫退，四周瞬間升溫。

「條 L 樣」會不會就是外賣員呢？

「宙哥做乜咁躁嘅？」我輕聲問私家偵探。

私家偵探沒有回答，只是叫我別問。

我倆一起進去審問室坐下後，只見保鑣宙哥隨後進來，垂手拿着水喉通，水喉通一頭在佈滿沙石的地上劃出一道深深凹痕，彷彿要剖開「條 L 樣」的身軀。

保鑣宙哥站在光圈之中咬牙切齒，我坐在黑暗之中提心吊膽，

擔心又出人命。

黑布掀開，只見三個人並排背着光進來，中間的人被左右的人拖行，再扔到光圈之中。那人雙手雙腳被綁起，像蛇在地上蠕動。保鑣宙哥望向我的方向，伸手擋住自己的雙眼，示意我別看接下來發生的事，但我還是好奇地在指縫中偷看。

保鑣宙哥扯走那人的頭套，他不是外賣員，而是年約四十歲的男人，樣子平凡得一個招牌掉下就砸死幾個人的那種，叫人過目即忘。他嘴巴被黑色膠紙封上，胸前纏着紗布，左肩滲出呈圓形的血水。

男人挪動身體，試圖雙膝貼地然後站起，但保鑣宙哥用水喉通重重打在他背上，他又趴下，被封的口痛苦地「唔」了一聲。保鑣宙哥再用水喉通連番擊在男人的背脊，就算我已經牢牢合上指縫，但一下又一下擊打的悶響亦令我毛骨悚然。

「夠喇宙哥，再打佢死㗎喇。」私家偵探說。

保鑣宙哥這才停手。「抅佢上張凳度。」

我再從指縫窺看，見男人在地上抽搐，水喉通已微微彎曲。

兩個保鑣扶起男人，壓他坐在椅上，他口中的膠紙一被撕開，

一口鮮血即時噴出。

　　保鑣宙哥拋下水喉通，提腳踩在男人左肩的傷口，痛得他冷汗直冒。「一陣先送你條L樣落去見我三個兄弟！」

「我殺過咁多人，今日終於輪到我。」男人苦笑。

　　我估計保鑣宙哥的手下抓捕男人時，有三人被他殺死，而男人在反抗時左肩中槍而暈倒，另外，他說「我殺過咁多人」，他的身分已不難猜到。

外賣殺人事件
Food Delivery Murder

FAST PACED搜尋

「先生，」私家偵探向男人説，「我哋喺你個竇度搵到幾張『意外事件』設計圖，真係大開眼界，仲有貝文虎先生啲偷拍相影到好清楚，喺職業殺手嚟講，你都可算係藝術家。」

「唔好咁多廢話喇，有嘢你就講。」職業殺手挪動身體，伸展一下肌肉。

「好，咁我就唔嘥大家時間，係邊個指使你殺貝文虎先生㗎？」

「你知我唔會講㗎。」

原來殺弟弟的人真是職業殺手！

「2014 年 1 月 20 號，社團大哥咸爺喺火鍋店打緊邊爐嘅時候，Gas 爐突然爆炸，全身着火；2015 年 7 月 23 號，洛志平先生喺佢返工嗰座大廈搭電梯嗰陣，電梯失靈，由四十八樓下墮；2016 年 5 月 14 日，趙一義先生嘅情婦屋企漏電火燭……」私家偵探一口氣提起每年一至兩宗的意外事件，直到 2021 年才停止，「我諗你都記得 2021 年發生咩事㗎？」

「啊，起晒我底，你想爆畀差佬知咪爆囉，反正衰一單同衰十單都係判終身㗎啦，無所謂呀。」

私家偵探繼續説，2021 年職業殺手與五個同伙策劃一單「意

外」殺人事件，其中一個同伙在行動前失手被捕，警方以轉他作污點證人為減刑條件，要他供出職業殺手與其餘四個同伙的行蹤，最終四個同伙落網，職業殺手因打聽到消息早一步逃亡到金邊，之後銷聲匿跡。

「我其實一早就應該諗到貝文虎先生嘅死，係你呢個意外專家做㗎喇，衰在我自作聰明，以為你俾人通緝緊唔敢返嚟香港，好彩頭先我哋喺碼頭見到蛇頭陳，佢話有個通緝犯返咗嚟香港，一問之下原來係你，佢仲爆埋你個寶喺邊。」

「信錯蛇頭陳條契弟！」職業殺手恨道。

「只要你同我哋合作，我唔單只唔會送你畀警察，仲有嘢送畀你。喺你個寶度搵到一百萬現金，根據行規你會收一半訂，即係你老闆畀二百萬你。只要你肯講邊個係你老闆，我可以畀十倍價錢你。」

「貝青松死咗個仔喎，我老闆個名點都值二億啦。」

「二千萬夠你喺金邊做個土皇帝喇，做人千祈唔好太貪心，太貪心通常都有錢行命使。」

為了圓爸爸心願，我覺得花二億元也值得，不過私家偵探接下來的條件，對職業殺手來說比金錢更吸引。

「我做呢行都係為錢啫,唔通為興趣呀?」職業殺手冷笑。

「咁我畀啲嘢你睇下,希望會提起你些少興趣,」私家偵探向入口處說,「唔該帶佢入嚟。」

　　進來的是六十多歲的男人,皮膚黝黑,被五花大綁。

「想我殺佢定你自己郁手?」保鑣宙哥問。

　　職業殺手看了那人一眼。「放佢走啦,係我自己戀居信錯人,佢條爛命未值得我篤我老闆出嚟。」

「多謝你呀大哥,好人有好報,好人有好報。」蛇頭陳鬆一口氣。

「你篤我出嚟,收咗人幾錢呀?」職業殺手問。

「十萬。」

「十萬咋?」職業殺手向保鑣宙哥說,「我依家又好想睇下條友點死。」

　　保鑣宙哥拔出手槍。

「唔好殺我呀!」蛇頭陳跪下,哀求職業殺手。

「等等，」私家偵探向保鑣宙哥説，「麻煩帶佢落去先，我仲有禮物送畀殺手先生。」

一個保鑣押蛇頭陳離開後，私家偵探向職業殺手説：「喺你五個同伙之中，有一個係你親生大佬，判咗十八年，喺赤柱坐緊監，睇怕佢都夠資格換你老闆個名。」

「佢夠資格，不過驚你唔夠資格啫，佢俾人拉嗰時反抗，隊冧咗個差佬，就算你搵晒全香港嘅律師幫佢，都搞唔返佢出嚟，除非你搵人搞掂個法官啦，但係如果你想搵人喺入邊搞我阿哥嚟威脅我，你可以慳返，我一早買通晒裡面坐緊嗰啲大佬，佢少條頭髮，你啲人都冇運行。」

「我諗你誤會喇。」私家偵探説完，黑布的入口處掀開，一個二十多歲、斯斯文文的青年人押了進來，他手腳反綁、口被封住，被推倒在職業殺手面前。一個保鑣解開綑綁職業殺手雙腳的繩索，然後四個持槍的保鑣上前把守光圈。

「殺手先生，你有一分鐘時……」私家偵探説。

他的「間」字還未出口，職業殺手怒喝：「你個二五仔！」然後一腳踢在青年人頭顱，青年人吃痛，在地上打滾，再彈了起身，想跳出光圈，但馬上被一個保鑣推回，職業殺手伸腳踹在青年人小腹，青年人再次倒下，之後你追我逐，青年人被踢得遍體

215

鱗傷。

過了大約一分鐘，私家偵探喝止職業殺手，並叫一個保鏢送走青年人。職業殺手想追上去再攻擊，但已被另外的保鏢按回椅上及綁起雙腳。

「點呀，佢夠唔夠資格呀？」私家偵探問職業殺手。

「好！我唔使你畀錢，我淨係要條二五仔，同埋幫我整本巴拿馬嘅假護照。」

私家偵探表示「成交」，職業殺手便說有個自稱中間人的男人找他殺弟弟，卻不知道誰是幕後指使人。保鏢宙哥大怒，覺得職業殺手有所隱瞞，又想痛毆他，但被私家偵探阻止，叫職業殺手詳細說出他見那陌生人的經歷。

職業殺手說，今年六月他在金邊，有人到他住的公寓找他，說：「我係香港嚟嘅中間人，受人所託想邀請你做一件事。」那事就是要求職業殺手用人為意外殺死弟弟，起初職業殺手拒絕，原因是他失去了五個助手，單靠一人之力很難製造沒有疑點的完美意外，後來中間人提高報酬才肯答應。

數月內，職業殺手費盡心思設計意外，並盡力找出合適助手，可是時間實在不足，兩者皆很難辦到，一度想放棄，直到中間人

確保職業殺手的哥哥在獄中不被傷害作交換條件，他才勉為其難繼續。原來那個於 2021 年殺人行動中「大難不死」的目標人物，多次派人在獄中欲置他哥哥於死地。

到了一個星期前，中間人要求職業殺手馬上來港行動，因為弟弟必須要盡快消失，不過中間人不肯透露箇中因由。

「所以你就喺準備不足的情況下，設計『意外』殺死貝文虎先生。」私家偵探說。

「佢唔係我殺嘅，」職業殺手搖一搖頭，「兇手太過低手喇，好唔專業。」

我還以為職業殺手就是推弟弟下樓的人，原來不是！

「『吸毒後失足墮樓』呢條橋係我最初嘅設計，亦都同中間人提過，但係要完成呢個計劃至少要三至四個人，我根本就搵唔到信得過而又熟手嘅人幫手，所以我就諗第二啲方法。我真係估唔到，連我都冇把握嘅設計竟然有人用咗嚟殺貝文虎，仲要加埋食安眠藥啲咁唔合理嘅嘢，真係抵佢哋俾差佬懷疑。」

私家偵探讓職業殺手看幾張照片，問他其中是否有那個中間人。他一眼就認出中間人就是私家偵探的徒弟，他又認得另一人曾經與徒弟見面。

217

他說，他來港後跟徒弟見過數次面，提過幾個「意外」方案，但都因為資源與人手問題遭否決。

「噚日我又見過中間人一次，提出喺戶外音樂表演嘅時候，因為舞台積水令貝文虎失足跌落台嘅構思，佢覺得幾好，但就話要同佢老闆傾下先。佢一走，我就吊住佢尾，我想知佢老闆係咩人，如果係大有錢佬，我會要求加錢，因為呢次行動有啲難度。」

與「中間人」徒弟見面的人，就是代言人郭鳴。

「咁中間人有冇接受到你嘅構思？」

「有。」

「幾時執行？」

「9月9號，即係今日嘅夜晚七點。」

職業殺手被押走後，我到外邊透氣。私家偵探就被一個保鑣帶下到一層，他的幾個助手來到有非常重要的事要單獨詳談。

這分明又是有事不能讓我知道。

是否又有新證據「證明」我是兇手？甚至是那個「幕後老闆」

反咬一口，要把我由原告變被告？

「宙哥，你哋有咩唔俾得我知㗎？阿爸叫我同偵探先生一齊查細佬單嘢㗎喎。」我問。

「貝生亦都有吩咐過，我可以決定呢度嘅所有嘢。」保鑣宙哥斬釘截鐵。

「又係呢句！我要落去搵偵探先生！」但我一動身，四個身形龐大的保鑣已經堵住樓梯口。

「行開！」我大聲呼喝。

　　他們非但沒有動身，更是眼神堅定，似在向我說打死也不會走開。

　　我一腔怒氣無法宣洩，又推不開他們，便從保鑣宙哥的西裝袋取出煙盒及火機，點了一根，再狠狠把它們擲向保鑣宙哥胸膛。

　　我悶聲不響靠在護欄生氣，十分鐘後，保鑣宙哥的身上發出「吱吱吱吱」的電話震動聲，他拿出來看了看屏幕，我以為是爸爸打來，但屏幕上沒有來電顯示。

　　那電話也不是保鑣宙哥的。

「喂，」保鑣宙哥接了，過了一會十分驚訝，「係你！」

保鑣宙哥馬上派人叫私家偵探上來，待他一到來便按下電話喇叭。

「點解你會打嚟嘅？」私家偵探問電話那頭的人。

「我有啲好重要嘅嘢同你講呀，」那頭是一把非常沉厚的男人聲，「師傅。」

Deliver

外賣殺人事件

Food Delivery Murder

FAST PACED搜尋

「你喺邊呀?」私家偵探問。

「放心,我喺一個冇人搵得到我嘅地方。頭先接電話嘅係邊個喇?」

「貝青松先生嘅保鑣主管宙哥。」

「宙哥,真係唔好意思,要你啲人白行一趟,連我條毛都搵唔到,外面風大雨大,辛苦晒大家。」徒弟說。

「你唔好以為我搵你唔到!」

　　保鑣宙哥向身旁的手下打個眼色,手下馬上拿出手提電腦,畫面出現一個香港地圖。手下設定中心點為我們身處的地盤,再由一點慢慢散出一個又一個如同漣漪的同心圓,波紋一層層擴張,地圖從原先顯示的香港地圖漸漸變成世界地圖,似是在追蹤徒弟的位置。

「我 Detect 到你追蹤緊我嘅訊號,」徒弟揭穿了保鑣宙哥,「我可以話你知我喺邊,我就喺新填地街『芊陽芬蘭浴』焗緊桑拿,要捉我就要快喇。」

「你以為我會信你咩?」

「呃你唔到㗎,其實我喺芬蘭睇緊北極光。」

　　保鑣宙哥的手下把手提電腦轉過來,屏幕顯示了十多個已鎖定的地點,分布在世界各地,包括芬蘭、巴西、菲律賓、澳洲等。徒弟怎可能一分鐘就從香港到達芬蘭,又同時在不同位置?他的電話肯定有反定位的裝置。

「宙哥,你追唔到我㗎喇,講返正經嘢先啦,」徒弟説,「阿成同郭鳴都失咗蹤,係咪俾你捉咗?」

「係吖,不過你個好兄弟郭鳴俾我殺咗,貴利成暫時仲未死,不過你再唔出現,佢好快就冇命。」

「師傅,郭鳴係咪死咗?」徒弟向私家偵探確認。

「係。」

　　過了幾秒,徒弟才哽咽地説:「師傅,佢哋係咪想迫郭鳴講係邊個落 Order 殺貝文虎,佢唔肯講所以殺佢呀?」

「就係因為你幫人殺貝文虎先生,貝青松先生就捉晒所有關事嘅人返嚟問話,而我就係負責問話嘅人……係你累死你嘅好朋友!」私家偵探以責備的語氣説。

「師傅，你信我，我一定會盡力補救。」

「你再唔講邊個係幕後老闆，遲早累死埋你師傅。」保鑣宙哥説。

　　我不知道保鑣宙哥只是隨口説要殺死私家偵探來讓徒弟就範，還是他真的會這樣做，但我覺得他真的會為了達成目的而殺害任何人。如果我可以開口，我很想勸徒弟盡快供出幕後老闆的身分，免得有人再遇害。

「好，你放咗人先，我之後會將指使我嘅人個名 Send 短訊去我師傅個電話度。」

「你當我傻㗎，我點知你會唔會反口㗎？」

「反口對我冇好處，冇好處嘅嘢我唔會做。」

「好，我放咗貴利成先，你師傅留低。」

「唔得！」

「你聽我講，」私家偵探向徒弟説，「我仲要留低完成埋貝生嘅嘢，我向你保證，我一定會冇事。」

　　徒弟沉默了半晌才説：「宙哥，你送阿成去新填地街舊熟食

小販市場，然後我就會話界你哋知邊個指使我，之後等師傅搞掂埋啲手尾，你哋就要放埋佢，如果我師傅有咩事，我就要貝加兒墊屍底！」

徒弟想殺了我，還是另有所指？

「你唔L使大我！」保鑣宙哥大喝，「你夠膽搞我小姐，我追到天腳底都會刮你出嚟！仲要鏟L起埋貴利成啲地盤！」

「唔好咁多廢話喇，依家開始計時，你得四十五分鐘時間，仲有，只可以派一個人送阿成嚟，如果唔係你永遠都唔會知道邊個係幕後老闆。」徒弟說完馬上掛線，手提電腦顯示他最後的位置在摩洛哥。

保鑣宙哥被徒弟玩弄於股掌之中，毫無招架之力，勃然大怒。「偵探先生，你好嘢，夾埋個徒弟玩X我！」說完走向一邊，跟幾個保鑣交頭接耳，他們連連點頭，然後走向樓梯。

「宙哥，麻煩你帶下一個人上嚟。」私家偵探說。

「你徒弟唔係話會講邊個係幕後老闆咩？仲要問下一個？」我問他。

私家偵探露出猶豫的眼神。「我仲未敢肯定徒弟講嘅嘢有幾

成真，可能只係想救阿成同我嘅援兵之計。」

「宙哥係咪真係會殺你呀？」

他沒有回答，也沒有任何表情，逕自轉身走入黑布之內。

Delive

FAST PACED搜尋

外賣員已經甦醒，頭上紮了繃帶。

依照私家偵探的分析，除了徒弟及郭鳴，外賣員就是殺人事件的關鍵人物，或許根本不用問徒弟，真相就可以揭開。

「任生，請問你依家嘅身體狀況，可唔可以答到我嘅問題？」私家偵探問。

「可以，但係我想問，點解要綁住我呀？」外賣員動了動被反綁的雙手，「放開我先啦。」

「呢個係新安排，希望你唔好介意。我想提多你一樣嘢，如果你想反抗，我哋嘅槍手會向你開槍，所以請你冷靜。」

外賣員全身抖了一下，環顧四周漆黑的環境。「你有嘢就問啦，千祈唔好開槍呀。」

「點解你要逃走？」

「身有屎囉，你頭先唔係話已經知道所有嘢咩？」

「其實我只係知道你有份殺死貝文虎先生，但係你同佢無仇無怨，一定有人指使你咁做，只要你話畀我知佢係邊個，同埋成件事係點，你就可以走，清楚未？」

「清楚。」

外賣員如此說，是否代表他「清楚」殺人事件的來龍去脈？所有謎團可能即將解開，我不禁心跳加速。

外賣員整理一下思緒，便開口述說事情的始末。

他因「襲擊」指控他偷口罩的女子，被判傷人後心情欠佳，便到貴利成的大檔賭博放鬆一下，最終連僅有的冷氣工程營運資金都輸掉，便向貴利成借錢打算回本，再全數押下卻買大開小，其後無法還款而遭貴利成禁錮。他在港沒有親戚朋友，又不想打擾在內地的母親，在無計可施之時，一個陌生人來打救他。

外賣員從私家偵探提供的照片中，確認那人就是私家偵探的徒弟。

「佢話佢係中間人，想我幫佢老闆做一件事，做完之後條數就一筆勾銷。」

徒弟安排他當 Fast Paced 外賣員，主要負責送外賣到葵涌大連排道中成工業大廈七樓，乘機踩線，以及摸清弟弟的日常生活。

弟弟幾乎一整天留在工作室，很多時是自己一個人，間中他

兩個朋友及女朋友都在。

弟弟每次叫外賣，都是點柯榮廚房的排骨年糕及鹹豆漿，他說過是他媽媽生前最喜歡的食物。弟弟開門時，外賣員留意到對着門口的牆上掛上幾支結他。他將此事匯報給徒弟，徒弟便安排他學結他，給他塑造「同道中人」的形象。

「中間人搵咗個私人老師晚晚教我彈結他，叫我整冷氣就得啫，彈結他我真係唔掂，但係佢就迫我日日撳結他線。佢話唔係真係要我識得彈，只係要我撳到手指起枕，同埋對結他有啲基本認識，總之佢話我似識彈就得。」

終於，外賣員得到弟弟的信任，邀請他入工作室聊天，更給過他工作室及大廈後門的鎖匙，叫他幫忙維修冷氣機。徒弟知道外賣員得了鎖匙，便叫他配一套給自己。

之後，外賣員得知弟弟有一支限量版低音結他及一隻名錶後，又轉告徒弟。

「到咗今日（此時已經過了十二時，其實是『昨日』），我同個中間人講，我都幫佢攞到阿虎好多料，係咪可以清咗條數，佢就話想我幫佢做埋最後一件事，就係叫駒哥加啲安眠藥落去啲 K 仔度，然後我就通知阿虎 K 仔有新貨，叫佢叫定外賣，咁我就可以藉送外賣上去嘅時候順便帶埋啲 K 仔上去，然後等阿虎索咗 K 瞓

着之後，就去收返啲 K 仔同外賣盒同杯、整壞部冷氣同開大個窗。我有問佢點解要咁做，佢就叫我唔好問。」

這一切都在私家偵探意料之中。在外賣員再次被送來審問之前，私家偵探向我說已經還原了外賣員已刪除的電話資料，原來他送外賣去中成工業大廈之前，已經收到之後有訂單，只是他拒絕了。

私家偵探又估計，外賣員去相鄰大廈的便利店「等訂單」是早有預謀：如果兩座大廈太接近，電話定位系統有可能會「誤判」他還在便利店而非中成工業大廈，情況與看更根叔的情況類似。

「大廈嘅看更見到你喺貝文虎先生墮樓嘅時候，你上的士走咗，點解你唔揸電單車走？」

「中間人叫我擺部電話喺電單車度，佢會派人嚟開返去我喺北角住嗰間酒店，咁警察追查起上嚟，電話嘅定位就可以做我嘅不在場證明，但係我等咗好耐先有的士。」

「你真係唔知中間人叫你做咁多嘢係為咗殺人？」

「梗係唔知啦！如果知道係為咗殺阿虎，我情願俾貴利成困住啦！我後來睇新聞報道再諗返成件事，先知係一個局。我真係好後悔呀，阿虎個人係躁啲，成日發神經，不過佢真係當我係朋友嚟，

佢好尊重我，叫我做阿東，而唔係外賣仔。」

　　私家偵探叫一個保鑣給他看從便利店買來的牛油刀。「你認唔認得把刀？」

「認得，我喺便利店度買過把一模一樣嘅，但係你唔好誤會呀，我唔係用佢嚟殺阿虎嘅，把刀咁鈍都殺唔到人啦，我係驚我入到工作室阿虎突然間醒返，佢見到我喺度，一定會認到係我偷偷地配佢條匙入去偷嘢，佢殺人都似呀，咪諗住必要時用把刀嚟兜下佢囉。」

「你覺得佢會以為你偷咩呢？」

「咪支 Bass 同手錶囉，佢講過加埋值成幾十萬。」

「所以你應承幫中間人上去清理現場，除咗為咗條數，更加係為咗偷嘢？」

「唔係呀！我邊夠膽呀！況且支 Bass 咁大支，攞走好易俾人發現㗎嘛！同埋阿虎話過支 Bass 有證明書，我偷咗都賣唔出啦。仲有隻錶呀，阿虎話係佢家姐送畀佢嘅，錶底刻咗佢個名，人哋一查就知係賊贓啦，邊會有人肯接貨呀？」

「我有貝文虎先生嘅驗屍報告，佢身上嘅刀傷同你買嘅刀嘅刀鋒

吻合，其實你係想偷嘢，咁啱貝文虎先生醒咗阻止你，你就用刀襲擊佢，佢就一路退到窗邊，然後你就推佢落街。」

「佢跌落去嗰時我喺對面馬路呀，點推呀？」

外賣員雖然極度緊張，但頭腦還很清晰，沒有中私家偵探的陷阱。

「咁支 Bass 同手錶點會唔見咗呀？」

「我根本就唔知啲嘢唔見咗，我執咗啲 K 仔同餐盒就嗰嗰聲走啦，之後就俾你夾咗返嚟喇，係你講我先知咋。」

「咁你點解釋貝文虎先生身上嘅刀傷呀？」

「我唔知喎，嗰時阿虎伏喺張枱度瞓咗，點知我想走嘅時候，佢突然彈起身，一見到我就狂叫，問我點解喺度，仲要揸住把刀，問我想點，我嚇到把刀都掉埋，都仲未諗到點解釋，佢就已經衝埋嚟，我即刻縮開，佢就自己企唔穩仆低咗，郁都唔郁，我就諗呢次大鑊喇，佢會唔會仆死咗，好彩見佢攤喺地度反咗一下身，仲好大聲咁扯鼻鼾，又瞓着咗，我先冇咁驚咋，咁我就走咗。我發誓，我真係全程都冇掂過佢㗎！」

「咁你走咗之後有冇同黨上過去？」

237

「唔知呀,不過聽中間人講,話我執走啲嘢之後,有人會上去執埋啲手尾,我諗係去殺阿虎嘅。」

「咁上去執手尾嗰個人,你有冇見過?」

「中間人安排過我見一個人,話之後嗰個人可能會搵我做啲嘢,我估佢就係執手尾嗰個人。」

「你認唔認得佢?」

「認得,佢係 Fast Paced 嘅代言人。」

「郭鳴?」

「咪就係佢囉。」

外賣員又說,他能一字不漏地說出自己悲慘身世,是中間人寫的「劇本」,因為怕他萬一被捕,都可以在警察面前裝可憐,營造出一副他是「今次又唔知俾邊個冤枉」的可憐蟲。

「雖然中間人喺份稿度加鹽加醋,但係啲內容都係真㗎,我真係好慘㗎,」外賣員雙眼通紅,「早知搞成咁,我就唔去賭錢啦。」

最後,外賣員堅稱不知道誰是幕後老闆。

他被送走後，我在黑布外問私家偵探：「郭鳴係咪就係幕後老闆？」

「我反而認為郭鳴都係中間人，亦係負責落手推貝文虎先生落樓嘅人，即係細卷喺後巷見到嗰個高大嘅男人，因為時間上好吻合。」私家偵探説。

「如果啲嘢唔係外賣仔偷，咁係邊個偷呢？」

「可能係有人趁火打劫。」

「點解又多咗個人出嚟趁火打劫㗎，好亂呀！」我一頭霧水。

「放心，我會盡快將所有混亂嘅線索整合好。」他滿有信心地説。

「咁你頭先落咗去樓下見你啲助手，收到啲咩新料呀？」

「佢哋查到有人喺網上放緊支 Bass。」

「邊個呀？」

「暫時未知，因為放售人個名隱藏咗，不過放售人必定要係官方登記嘅人，即係要有證明書同身分證明，應該唔難查到。」

「咁隻錶呢？」

「任生頭先話隻錶刻咗貝文虎先生個名，有冇咁嘅事呀？」

「係呀。」我怕弟弟為了套現而賣去那手錶，所以特意刻上他的名字。

「我會去查下啲黑市市場，我喺地下市場都識啲人，我助手打幾個電話就查到。」

　　私家偵探召來助手，在一旁討論了一會，又回來我身邊。

「點解你頭先要落樓下見你啲助手？」我問，「雖然我知你唔會答，但係唔問個心又唔舒服……你係咪又搵到啲咩證據懷疑我呀？」

「我只可以講，搵到嘅唔係懷疑你嘅證據，不過的確係同你有啲關係。」

　　我看看手錶，距離徒弟要求四十五分鐘的限時還有二十分鐘。

　　徒弟是否真會兌現承諾，救了貴利成後，就會告知保鑣宙哥誰是幕後老闆呢？

Food Delivery Murder 外賣殺人事件

　　想到貴利成，我猛然想到一個問題：「你有冇覺得好奇怪呀，點解外賣仔又會咁橋去貴利成度賭錢呢？好似全香港得佢一個開賭檔咁同放數咁，幾個涉事人都搵過佢。」

「我都覺得好奇怪，所以我諗，外賣員話去阿成度賭錢，好可能都係我徒弟教佢講嘅。」

「咁即係外賣仔講大話？」

「應該話徒弟寫好晒台詞畀佢背，只要有人問起佢特定嘅嘢，佢就用特定嘅對白回答，不過要知道真定假，問下阿成就知，」私家偵探頓一頓又說，「不過可能冇呢個機會，佢俾徒弟救走之後可能以後唔會再出現。」

「原來你最大嘅對手係你徒弟。」

「佢的確係醒目仔，佢好畀心機咁學嘢，但係可惜行咗歪路。」

「你咪一樣。」我諷刺道。

「我希望做埋呢單嘢，以後都唔使行歪路。」他的語氣帶着強烈的不安，甚至絕望。

　　他是否預知甚麼呢？會有嚴重後果？他怕保鑣宙哥殺了他？

　　或許，他的徒弟不是表面上對私家偵探那麼關心，而是另有陰謀？

　　此時，剛才與私家偵探說話的助手跑上樓梯，向私家偵探大叫：「查到喇！」

外賣謀殺人事件

Food Delivery Murder

FAST PACED搜尋

「大佬，做乜綁住我呀？」光圈中的 Kurt 説，「我頭先都好合作啦，點解咁對我呀？」

「你仲有啲咩係應該講而冇講？」私家偵探説。

「我有咩冇講呀？」

「你話你用接 Job 啲錢接濟貝文虎先生，但係我問過佢家姐貝加兒小姐，你每個月啲錢都係佢畀你嘅。」

　　我還以為 Kurt 會支吾其詞，他卻直認不諱：「係又點啫，我冇追過佢喎，係佢求我睇住佢細佬，你估佢細佬易服侍㗎？心情唔好就發晒癲，亂咁掟嘢，我都唔知瀨過幾多次嚟，你可以睇下我心口，腫晒呀，就係俾佢用支結他掟中。」

「所以你就懷恨在心，一直想報仇。」

「咪屈得就屈呀，阿虎係我 Best friend 呀！」

「既然係 Best friend，點解要偷佢啲嘢呀？」

「我幾時有偷佢嘢呀？」

「你識唔識得 Tony 仔呀？」

「邊個嚟㗎？Tony Leung 我就識。」Kurt 嬉皮笑臉說，不過明顯是擠出來的嬉皮笑臉。

「你唔識佢？但係佢話識得你喎，仲係熟客㗎。Tony 仔專做黑市買賣，上年十月到今年三月，佢接咗你十八張絕版黑膠同四支紅酒，你賣畀佢嘅嘢就係幾個黑膠展覽同酒吧失竊嘅嘢，而喺呢啲地方曾經搞過 Live Show 嘅表演者名單都有你個名。」

「你唔係覺得係我偷呀？」

「咁啲嘢你點得返嚟㗎？」

「咩點得返嚟啫，我都話唔識咩 Tony 仔咯。」

「Tony 仔唔算得係我朋友，不過有過生意來往，佢喺北河街間舖我都去過幾次，嗰度雖然鼆鼆冧冧，其實收埋好多貴重嘢，成日驚俾人爆格，所以佢一個月前搵我幫佢裝咗三部隱閉式 CCTV。即係話，喺呢個月之內邊個去過，賣咗啲咩嘢畀佢，全部有Record。」

　　Kurt 垂下頭。「係……我係識佢。」

「你夜晚十點三十八分你攞過啲嘢去放，係咩嚟？」

「咪阿虎隻錶囉,最多我去贖返隻錶囉,你唔好爆畀差佬知呀。」

「我從來都冇諗住告發你,因為你好快就死。」

　　Kurt 大吃一驚。「點解呀?」

「你為咗還貴利成條數,所以收咗人錢,推貝文虎先生落樓。殺人填命,你好快就會落去見佢。」

「你黐 L 線㗎!我冇殺佢呀!佢跌咗落樓之後我先醒咋!我本來都冇諗住上去,係約咗個援交妹先上去咋,你唔信問下條女吖……哦,我知啦,你係阿虎個家姐派嚟嘅!」

　　他激動地站起,四處張望。「貝加兒你個死臭 X,我知你喺度㗎,我知你不嬲都睇我唔 L 順眼㗎喇,次次畀親錢我就 X 口 X 面,又搵保鑣兜 X 我,有錢大 L 晒呀!你死 L 咗個細佬就搵我祭旗,你細佬咁 X 街,係人都想佢死啦!佢死得遲啄呀 X 你老母!你都去死啦死臭 X !」

　　從來所有人都只會對我阿諛奉承,沒有人膽敢左一句死臭 X 右一句死臭 X 來侮辱我!我恨得牙癢癢,很想衝過去摑死他!

「唔該你坐返低。」私家偵探說。

「坐你老⋯⋯」Kurt 的「母」字未及吐出，身旁的保鑣已一拳揮在他左下頜，打得他退了一步，跌坐椅上。

看到 Kurt 痛得面容扭曲、眼淚直流，我暗地叫好。

「好，我就當你冇殺貝文虎先生，咁點解你一直都唔偷佢隻錶，偏偏要喺呢個時候偷？」

「我見到阿虎跌咗落樓，就諗佢死咗冇所謂呀，最怕佢家姐唔會再畀錢我，咁我以後點呀？我租嗰層樓點呀？我爭人條數點還呀？所以就順手攞咗隻錶先，叫做有啲揸拿。」

私家偵探給他看徒弟及郭鳴的照片，他說沒有見過兩人，只認得郭鳴是 Fast Paced 的代言人。

審問完畢，保鑣為 Kurt 戴上頭套，準備帶他走。我放輕腳步上前，用手勢示意保鑣等一等，然後「啪啪啪啪」打了 Kurt 幾巴。

我們站到外邊，雨已停下，空氣中瀰漫一片霧氣。

「宙哥，我徒弟有冇 Send 訊息畀你？」私家偵探問。

保鑣宙哥拿出私家偵探的電話一看，吐出一句英語粗話，我

以為他在罵誰，當他把屏幕轉向我們，我就明白了。

徒弟傳來的訊息是「Fxck」。

保鑣宙哥剛收起私家偵探的電話，自己的電話就響起。「你哋嗰邊搞成點呀……好，搞掂 Call 我。」

他掛線後，私家偵探馬上問：「你哋捉咗我徒弟呀？」

「你個徒弟真係喺新填地街。佢以為我哋真係得一個人，佢就真係夠膽一個人嚟，其實我派咗六個人跟尾，突然殺出去，佢即刻嚇到同貴利成走入後巷，不過佢哋唔會走得好耐，我啲手下好快就捉到佢哋，拎返嚟畀你慢慢審，」保鑣宙哥掀開西裝，露出腰間的手槍，「如果你哋兩師徒再同我玩嘢，我唔會客氣！」

剛好私家偵探的一個助手來到。「記者嗰邊有料到！」

「條 CCTV 片送咗嚟噑？」私家偵探問。

「未有住，記者話個片主聯絡晒所有傳媒，要佢哋開價，價高者得，最高好似開到五十萬。」

「點證明佢係咪片主呀？」

「佢 Send 咗幅 Cap 圖畀啲編輯。」助手打開電話，屏幕中顯示一個男人的上半身，穿着白恤衫，樣子打了碼，坐在車廂後座，身邊有一個紫色結他袋。

「唔通係車 Cam 拍嘅？」我問。

「個角度似係，可能個兇手殺完人坐車走，唔通係的士？」私家偵探說。

　　我終於明白警方得到的片段不是從大廈閉路電視拍的，而是車 Cam。

「外賣仔咪坐的士走囉！我記得喎，細佬支 Bass 個袋都係紫色喫！」

「但係看更話見到個外賣員着住制服，同埋淨係攞住個外賣袋，冇拎到結他。」

　　私家偵探問助手：「查唔查到個片主係邊個呀？」

「只係查到佢個位置，依家喺葵涌警署，可能落緊口供，佢應該係用電話 Send 啲相畀記者。」

「你一陣叫人去葵涌警署，睇下見唔見到有部的士泊喺入面，仲

有叫個記者開一百萬買條片返嚟。」

　　助手馬上跟從私家偵探指示，通知其他助手行動，然後又說：「另外個記者收到另一條車 Cam 片，係八點二十五分一部車經過中成工業大廈時候拍到嘅，唔知有冇用。」

　　片段中，該車輛在大連排道行駛，從大約十米外拍下中成工業大廈入口，拍到一個穿白恤衫的男人背部，他兩手空空，正步入大廈，而當時根叔不在大廈入口，和根叔所言一樣。

「呢個着白恤衫嘅男人，同車 Cam 拍到嘅係咪同一個人呢？」我問。

「睇落有啲似。」私家偵探說。

「點解佢行路趷下趷下嘅？」

「可能係當時大廈出面條路整緊，所以佢行得小心啲。」助手說。

「咪住先，」我把片段倒前一點，「你哋睇下，佢未到大廈出面都就已經趷下趷下喎！」

「嗯，可能佢隻腳受咗傷。」私家偵探說。

「唔通係佢?」我說。

私家偵探會意,點一點頭。

之後,私家偵探忙於與不同來來往往的助手交流,我就俯視地盤入口,看看徒弟是否被送回來,可是過了半小時也沒有任何動靜。

我再問保鑣宙哥拿香煙。吐出的煙和外邊的霧氣融為一體,彷彿一團又一團從弟弟死後所散發的重重迷霧。

到底誰是兇手?誰是幕後老闆?

我又想起一生庸庸碌碌的弟弟、接受老公出軌的媽媽、垂死的爸爸,以及弟弟那個甘願當人情婦的母親。

撇開錢的因素,到底要多愛一個男人,才可甘願當人情婦呢?

換着是我,我愛的男人我要完全擁有,我會不惜一切搶到手。

如果當初我有這樣的想法,初戀男友可能已是我的丈夫。

不一會,私家偵探手中的資料已堆積如山,但他卻沒有準備審問其他人,只是苦苦思索。莫非他將會發出終極一擊?

我拿出電話，想看看有沒有有關案件的最新消息，但消息只更新到三個鐘頭前。

此時，私家偵探的助手拿着一個響着鈴聲的電話上來，沒有來電顯示。助手説這是 Kurt 的電話。

我看看手錶，已經是凌晨四點半，誰會打來找他呢？

私家偵探叫保鑣宙哥的手下追蹤電話來源，然後接通電話，開了喇叭。

「喂。」私家偵探説。

「喂，你係邊個呀？阿 Kurt 呢？」是一把男子的聲音，説話時有氣無力，還帶點哽咽。

「我係阿 Kurt 嘅朋友，佢飲醉咗，喺我度瞓緊覺。」

電話那邊傳來一陣啜泣。「唔該你叫醒佢吖，我有緊要事搵佢呀。」

「不如你講低你係邊個，留低電話，我叫佢覆你吖。」

「唔使喇，由佢瞓啦，佢醒返你同佢講聲，我本來想叫佢陪我去

警署㗎，我一個人唔夠膽去，但係都係唔使煩佢喇，阿虎死咗，佢都好唔開心，飲醉都好嘅。」他說完便掛線。

「追唔追到條線？」私家偵探急不及待問保鑣宙哥的手下。

「追到，喺太子西洋菜北街。」手下看一看電腦，再扭轉屏幕，放大一張網上地圖的照片，是一間酒吧。

是我三月去找弟弟的那間酒吧。

「宙哥，麻煩你派人去西洋菜北街搵呢個人。」私家偵探說着從資料中抽出一張從社交平台列印出來的三人合照，左邊是弟弟，右邊是 Kurt，要找的人就在二人中間。

恰巧，我收到新聞通知，警方已經蒐集到足夠證據，鎖定殺害弟弟的兇手，呼籲市民如發現此人，請即報警。

警方公開的照片，和記者提供的車 Cam 相幾乎如出一轍，分別是相中人沒有打碼。

外賣殺人事件

Food Delivery Murder

FAST PACED搜尋

　　黑布掀開，在兩個保鑣左右押送下，一名穿白色短袖恤衫的男子，一拐一拐步入光圈。他手臂全是瘀傷，短褲下的右腳脛紅腫得像紅燒豬蹄。

　　一個保鑣扯開他的頭套，他雙眼比右腳更腫，明顯哭了很久。

　　三月我去酒吧找弟弟時，他在台上彈低音結他，那次是我第一次見他，現在是第二次。

　　他就是弟弟的真正最好朋友，樂隊的低音結他手陳卓紹。

　　正如 Kurt 所說，他打扮很韓風，而且眉清目秀，陽光中帶點憂鬱，擁有女生喜歡的一米八理想身高，大概沒有女生不被他吸引。

「陳生，我係頭先同你講電話嘅人。」私家偵探說。

「你係阿 Kurt 嘅朋友？點解捉我嚟呢度呀？」

「我唔係阿 Kurt 嘅朋友，我係受人委託，要問你關於貝文虎先生嘅事。」

「你係阿虎嘅家姐定係爸爸派嚟㗎？」

「你只需要回答我嘅問題。」

「唔使問喇，阿虎係我殺嘅，請你送我去自首……如果你想幫阿虎報仇，請你殺咗我。」

　　他正是那警方通緝的人。

「我嘅責任係要知道真相，你肯答晒我所有嘅問題，我會盡我能力送你去警署。」

　　如果真是陳卓紹殺死弟弟，他一定活不了。

　　陳卓紹點了點頭，表示答應，但一開口便哭成淚人。「可唔可以由我嚟講呀，我依家好亂，驚答唔到你問題，等我講完你先問，好唔好呀？」

　　私家偵探答應，一分鐘後陳卓紹的情緒才稍稍平伏，才開口說話：陳卓紹與弟弟自小認識，陳卓紹腦筋靈活，善於冷靜解決問題；弟弟生性衝動，有嚴重暴力傾向，不用初則口角就繼而動武。二人都是在缺乏父愛的家庭長大，特別明白對方感受，很快便成為性格一凹一凸的好兄弟。陳卓紹被人欺負，弟弟會出頭；弟弟遇到學業或感情問題，陳卓紹會幫他拆解。

　　二人感情很好，弟弟十八歲生日收到的那支限量版低音結他，

其實是陳卓紹的心頭好，弟弟一早便打算轉贈給他，直到弟弟的前女友 Purple 出現，二人關係正式決裂。

「我仲記得阿虎介紹 Purple 畀我識嘅時候，Purple 已經有意無意咁望實我，仲對我笑，我以為因為我係阿虎嘅 Best Friend 佢先對我咁友善，點知有一日佢單獨約我出嚟食飯，話好鍾意我，好想同我一齊。講真吖，佢真係好 Cute，我都成日諗起佢，如果唔係阿虎同咗佢一齊先，我一定會接受佢。」

之後 Purple 連番引誘，陳卓紹終於失守，與她發展地下情。陳卓紹只想一直隱瞞，誰知 Purple 竟然與弟弟分手，還公開了與陳卓紹的關係。弟弟本想殺了「奸夫」洩忿，但因多年兄弟情而手下留情，只告誡他要好好對待 Purple，給她幸福，否則會對他不客氣。

陳卓紹待 Purple 很好，她卻在一個月後提出分手，因為搭上了可以滿足她物質需要的男人，還在社交平台上發放多條在巴黎購物的限時動態，觸動了弟弟神經，當街毒打陳卓紹，如果不是有途人阻止，陳卓紹必死無疑。

「我俾佢打到暈咗，送咗去醫院，醒返之後，警察嚟同我落口供，話已經拉咗阿虎，考慮告佢嚴重傷人，我就話唔追究，因為係我對唔住阿虎在先。我想補救，就打畀 Purple 想復合，佢就話：『好吖，你即刻飛過嚟巴黎囉。』莫講話我冇錢去巴黎，就算去到都

冇錢買名牌界 Purple，咪一樣復合唔到，咁我就死咗條心。」

到了黃昏，陳卓紹收到一個來自音樂總監的電話，說晚上八點至十點有一個表演的低音結他手臨時有事缺席，問他可否頂替。音樂總監說：「阿虎都嚟喎，你哋兩兄弟咁有默契，Fit 晒啦。」不過陳卓紹以身體不適推卻，而真正原因是他沒有面目見弟弟，亦擔心被他再次毆打。

陳卓紹在病床上發呆，想起與弟弟以往相濡以沫的日子，便打開電話看二人以往的合照，當看到弟弟十八歲生日時，他親手送上那支低音結他。

「阿虎之前送咗支好貴嘅 Bass 界我，仲轉咗我個名，我就諗，放咗咪有錢去巴黎追返 Purple 囉，所以我就喺網上度放，唔使一個鐘已經有人出價三十六萬，嗰個人約我第二日交收同搞轉名手續，咁我就偷偷地出院，趁阿虎去咗出 Show 返去攞返支 Bass。」

（陳卓紹來接受審問前，私家偵探剛好查到那支低音結他的放售人名為「Chan Cheuk Siu」。）

晚上八點二十五分左右，陳卓紹忍受着右腿的疼痛，一拐一拐地從正門進入中成工業大廈，坐電梯到七樓的工作室。

「我一入到去，就見到阿虎攤喺地下瞓着咗，佢唔係去咗出 Show

咩？明明錄音室有床墊，又點解會瞓喺度嘅？我本來想扶佢入去錄音室瞓，但又驚整醒佢，諗住攞咗支 Bass 就走，點知一攞起佢就突然醒咗，腳軟軟咁企咗起身，同我講：『你返嚟做咩呀？想偷我支 Bass？放返低！』我本來想解釋想放支 Bass 然後去追 Purple，我嘢都未講佢就一拳打落我心口，我痛到跪咗喺度，隻手就摸到地下有把刀仔……」

陳卓紹深呼吸了幾下，才繼續說：「佢再衝埋嚟打我，我就下意識咁舉起把刀舞嚟舞去，佢見到把刀都唔驚，照樣亂咁出拳，搞到自己拳頭同手臂都傷晒。我中咗好多拳，差啲暈低，以為死梗，就喺呢個時候外面有人係咁撳鐘，有把女仔聲隔住道門問：『阿 Kurt，你係咪喺裡面呀？』就係咁阿虎分咗心，我就趁機會用力用支 Bass 撞開阿虎，想開門走，點知……」

說到這裡，陳卓紹便嚎哭起來，過了一會才道：「佢俾我撞到企唔穩，退了幾步，挨咗去窗口度，個窗平時明明唔會打開㗎……佢就跌咗落去。我已經第一時間撲過去想拉住佢，但係都係遲咗一步。我望出去，見到阿虎攤咗喺條街度，樓下個看更咁啱行過，向上面望咗一望，嚇到我即刻縮返入去。我好驚，就袋起把刀同攞埋支 Bass 開門走，出到去個女仔已經唔喺度。」

陳卓紹說完後，又大哭起來，看來他非常後悔。

「咁你之後點樣離開大廈？」私家偵探問。

「行後樓梯走。」

「有冇見到有人？」

「行到三樓，見到一個好高大嘅男人上緊樓梯，佢戴 Cap 帽、口罩同太陽眼鏡，唔通係警察上去工作室調查？但係又冇理由咁快有警察㗎。我都冇再諗咁多，落到去即刻行去後巷嘅另一邊，費事撞到個看更，然後搭的士走。」

「跟住你去咗邊度？」

「我本來想返屋企，但係驚警察會嚟搵我，就叫司機車我去太子。我之前喺太子一間 Bar 表演過，嗰度有個閣樓，可以由後門入去，平時又唔會有人上去，諗住喺嗰度匿一陣。去太子嘅時候我突然諗到，可能阿虎根本冇跌死到，只係重傷，不過落車之前聽到收音機話佢已經死咗。」

「咁點解你會搵阿 Kurt？」

「佢係我朋友，我想問下佢應該點做，應該去自首定走佬呢，點知我俾阿虎打嘅時候撞爛咗部電話，黑晒畫面，我又唔記得阿 Kurt 個 Number，咪諗住匿多陣先算，諗咗好耐，終於記得返佢個 Number，就趁酒吧老闆唔為意，偷偷地用酒吧電話打畀佢。」

審問結束，離開前陳卓紹再次懇求私家偵探送他去警署。

私家偵探沒有答應，也不可能答應。

我想將所有牽涉墮樓事件的人物、時序及發生過的事重組，想整合出完整脈絡，可是訊息量太大，腦中還是一片混亂。

黑布外，我不用問私家偵探是否相信陳卓紹就是真兇，因為警方剛好發布了調查結果：已在大廈附近的溝渠找到那把牛油刀，刀上有弟弟的血跡，以及陳卓紹的指紋，亦有的士的片段及司機的證供，證明陳卓紹在弟弟墮樓後的五分鐘上車，以及在弟弟身上驗出陳卓紹留院的醫院床上和床頭櫃找到的衣物纖維。

幾分鐘後，保鑣宙哥說收到手下的通知，已抓到徒弟及貴利成，半小時左右就會送他們回來。

「真兇已經搵到啦，不如你哋自己搵個幕後老闆出嚟，我想返屋企沖涼換衫，再去機場，可唔可以呀？」我說。

「貝小姐，」私家偵探說，「雖然已經確定陳卓紹先生係落手嘅人，不過都需要你一齊查到邊個係幕後老闆為止。」

「你覺得陳卓紹都係講大話呀？佢係受幕後老闆指使？」

「基本上，我認為陳卓紹就係殺死貝文虎先生嘅兇手，佢亦都唔係受幕後老闆指使。」

「咁點解一定要我喺度呀？」

私家偵探沒有回答，只向保鑣宙哥說：「宙哥，我有個提議，不如唔好等我徒弟，依家就開始審問幕後老闆。」

「你已經搵到佢？」我驚訝道。

「我喺我徒弟打電話嚟之前已經有頭緒，不過需要搵貝生幫忙先可以搵到呢個人，依家一切已經準備好，可以隨時開始。」

「你頭先喺廿九樓同你啲助手見面，就係討論緊幕後老闆嘅嘢？點解要瞞住我呀？」

私家偵探沉默了。

外賣殺人事件

Food Delivery Murder

FAST PACED搜尋

我與私家偵探這次同樣坐在審問室的兩張椅上，對着一張空椅子，不同的是，我倆都坐在光圈之中。

為甚麼會突然變陣呢？我非常緊張，雙手冰冷，私家偵探卻一派氣定神閒，手中也沒有拿着筆記簿，大概是因為已查出幕後老闆是誰，一切即將落幕，沒有必要紀錄下去。

「貝小姐，今次嘅審問你可以隨時出聲，」私家偵探向我說，「畀個心理準備你先，一陣入嚟嘅係你認識嘅人。」

我正想問「邊個嚟」，黑布已徐徐掀開，被帶進來是個男人，同樣戴着頭套及雙手反綁。他起碼二百磅，圍大得像孕婦的肚皮撐起身上的特大浴袍。

我認識的人沒有一個像他這麼胖的，怎樣想也想不出他是誰。

「喂，你哋帶我去邊呀？」胖男人隔着頭套淒厲地叫喊，「你哋想要錢啫，我打畀阿爸囉。」

他以為是被人綁架吧，一定是有錢人的兒子。

胖男子不是坐在椅上，而是被保鑣按下，跪在地上，背對着我與私家偵探，面對着那張空椅子。

保鑣宙哥親自揭開他的頭套，胖男子看到保鑣宙哥拿着手槍，嚇得往後倒在我跟前。「大佬，有事慢慢講，唔好開槍呀！」

此時，我與胖男人打了個照面，他的表情寫着：「係你！」

我心中也高呼：「係你！」

他竟然就是幕後老闆！

一個保鑣把一部手提電腦放在空椅上，顯示一個視像會議畫面，另一方還未上線，保鑣宙哥命令胖男人對準電腦鏡頭。

等了一會，對方終於上線，那人揉一揉惺忪睡眼。「松哥，乜咁夜搵我呀，係喎，你嗰邊下晝喎。」

他是黃叔叔，胖男人就是黃叔叔的兒子！

等黃叔叔回過神來，明顯還未弄清楚眼前奇怪的畫面是甚麼一回事（我也是如墮五里霧中），愣了半晌才説得出話：「松哥呢？」又望一望我和他的兒子，「咦，阿仔，加兒，點解你哋一齊㗎？」

「阿爸，救我呀，我俾人綁架呀！」黃公子大叫。

「收聲！」保鑣宙哥用槍指住黃公子的太陽穴。

黃叔叔很快便從迷糊狀態回復清醒，深邃眼神像已弄清一切，向保鑣宙哥説：「阿宙，子彈冇眼，睇住走火呀，收埋支槍先啦。」

保鑣宙哥沒有收起手槍，反而故意用槍頭敲一敲黃公子的頭頂。

「阿仔，」黃叔叔向黃公子説，「做乜俾人捉住㗎？你啲保鑣呢？」

「我去咗沖涼揼骨，起碼搞幾粒鐘，咪叫啲保鑣去食宵夜，搞掂先 Call 佢哋，點知佢哋走咗冇耐我就俾人夾走咗。」

「阿宙，」黃叔叔嘆了一聲，「當日松哥叫你介紹啲人畀我做保鑣，話你啲人好靠得住，我就話唔使喇，我自己有都有一隊保鑣，唉，點知我班人懵盛盛，我個仔俾人捉咗都唔知。我啲眼光真係冇松哥咁好，早知就聽佢講啦。」

「貝生話，你怕佢派我哋入去收你啲料，所以你先自己搵人。」

「松哥真係挑通眼眉，不愧係我最敬重嘅人，不過一個人幾叻都好，最終都要去見閻王，啲錢帶唔到入棺材，為乜要死都攬住啲嘢吖，好似我咁咪幾好，一早交晒啲嘢畀個仔，自己風流快活，不知幾好呀！阿宙，等松哥去咗，你咪過嚟幫我囉，我保證唔使

你做埋啲污糟邋遢嘢，考慮下吖。」

　　保鑣宙哥沒有回應，只説：「黃生，我嚟介紹，呢位係貝生嘅私家偵探。」

「黃生，我哋見過面㗎喇，」私家偵探説，「貝青松先生介紹過我畀你識。」

「我記得，大偵探，不如你都過嚟幫我啦。」

「我徒弟青出於藍，你都請咗佢幫手，我諗唔使我喇。」

「你徒弟的確係幾叻仔，不過仲未有耐青出於藍，要同你呢個師傅鬥，仲爭啲火候」，黃叔叔又向我説，「加兒，你幫偵探先生查你細佬嘅嘢呀？」

　　我點點頭。「係阿爸突然拉我嚟幫手，我事前真係乜都唔知㗎。」

「咁查到邊個係兇手未吖？」

「查到喇，係細佬嘅朋友，警察都通緝緊佢，其實佢冇心殺細佬，係一個意外。」

「的確係一個意外。」黃叔叔口中的「意外」似是另有所指。

「黃生，我諗你都知道今次會面嘅目的，希望你可以合作。」私家偵探說。

「你哋捉得我個仔，又扮松哥呃我開視像會議，睇嚟你應該夠晒料啦，我想唔合作都唔得，不過，你想我講嘢就放開我個仔先，所有嘢都唔關佢事。唔好話我唔警告你，邊個敢傷害佢，邊個就要墊佢屍底。」

「黃叔叔，」我說，「你放心，有我喺度，冇人可以傷害佢……你明唔明我意思呀？」

黃叔叔定睛看我一會，沉思片刻，然後輕輕點頭。「加兒，我明你講咩，有你呢句話，我就放心喇。」

黃叔叔的兒子被人脅持，還能如此冷靜，真令人佩服，換着是我一定六神無主。

「宙哥，唔該你拎開把槍，同埋帶黃叔叔個仔落去先，如果佢有事，我第一個唔放過你。」我嚴厲地說。

保鑣宙哥不情不願地吩咐手下帶走黃公子後，私家偵探問黃叔叔：「點解你要策劃殺死貝文虎先生？」

　　黃叔叔端起桌上冒出白煙的茶杯，呷了一口，應該是他最愛的鐵觀音。「我諗你都知道出年投地單嘢啦，我搵過松哥合作，不過佢就嫌我間公司未夠班，講句難聽啲，夠班嘅又點會同佢合作吖。佢份人就係咁㗎喇，乜都要公還公私還私，幾十年兄弟都冇情講。佢介紹啲客畀我，一毫子佣都可以唔收，但係一有少少褪到佢公司嘅利益就算死草，驚死我攞佢着數。咁我唯有搵其他公司合作啦，但係冇人肯制，咁冇辦法啦，唯有放棄。」

　　之後，他就主力發展其他業務，還預先找了明日之星郭鳴當代言人。後來二人熟絡了，成了忘年之交。到了三月，爸爸的病情急轉直下，黃叔叔去探望他，順道重提合作，不過都是遭到拒絕，他就向我入手。

　　「我見到松哥病得咁緊要，都唔擺得幾耐，咁啲生意自然會留畀加兒同阿虎。我向松哥嘅律師探過口風，初步佢公司嘅股份會平分，要勸掂加兒唔難，佢浸過鹹水，思想新潮啲，明白只有合作先有機會同嗰啲霸住啲靚地皮嘅龍頭爭。最難搞就係阿虎，逢親兩家人食飯都畀說話我聽，話啲地產商係吸血鬼，X你阿嬤，唔係我哋起樓，啲人瞓晒街啦，香港經濟就冇咁好啦！要搞掂呢個細路，難啦！」

　　我覺得弟弟除了「難搞」，他如此惱恨爸爸，說不定把繼承到的股份賤賣來報仇。

「貝小姐，請問貝生有冇同你提過股份係點樣分配？」私家偵探問我。

「冇，不過阿爸好傳統，分一半甚至更多股份畀細佬都唔出奇。」

「都好合理吖，加咗你嫁咗人就跟人姓㗎喇，容乜易俾個女婿吞咗間公司㗎。」黃叔叔説。

　　黃叔叔錯了，就算我嫁了人，也不會讓老公「吞咗間公司」。

　　之後，黃叔叔想與其擔心下去，不如早點清除障礙。他知道郭鳴有一個好朋友，可以幫他解決問題，就是私家偵探的徒弟。

「果然名師出高徒，偵探先生個徒弟好快就搵到個好勁嘅職業殺手，佢出晒名可以搞到人好似死於意外，唔會俾警察懷疑，條計仔真係幾好，不過個職業殺手做嘢太過小心，又話要計劃好先又要等時機，鬼死咁嬰哥，等下等下就等咗幾個月，我等得咗，松哥唔等得㗎嘛！」

　　直到前一天，黃叔叔知道爸爸要做大手術，又叫了律師連夜到美國，就想或許爸爸會改遺囑，把超過一半的股份給弟弟，那麼話事權就可能不屬於「浸過鹹水」和「思想新潮」的我，便叫郭鳴和徒弟馬上動手。

首先，徒弟假裝唱片公司的監製，通知弟弟想見他及聽他的歌曲樣本，令弟弟留在工作室，再暫停中成工業大廈的閉路電視系統。

（私家偵探已查到大廈的物業管理公司，屬於黃叔叔的集團旗下一間子公司。）

第二，徒弟買通柯榮廚房的柯老闆，叫他在送去弟弟的食物中混入安眠藥，同時吩咐外賣員出面，叫駒哥在 K 仔中加安眠藥，務求令弟弟沉睡（外賣員之前在工作室發現弟弟服食同款安眠藥）。

第三，等弟弟睡去，外賣員從後樓梯進入大廈，避開看更根叔耳目，走上七樓，利用該樓層閉路電視的盲點，潛入工作室，取走 K 仔、外賣盒及杯，毀滅證據。

到了最重要的一步：行兇。下手的人，正是援交少女細卷提到在後巷碰到那個「戴 Cap 帽、口罩又太陽眼鏡」的男人，也就是陳卓紹在後樓梯碰見以為是警察的男人。他是郭鳴。

「原本諗住等個外賣仔攞啲嘢落嚟之後，喺後巷暗角等嘅郭鳴就即刻上去工作室殺阿虎，點知有個女仔突然行入後巷，企咗喺後門前面，外賣仔一開門，個女仔就入咗去後樓梯。郭鳴就打電話畀你徒弟報告情況，你徒弟就叫佢等多十分鐘，等個女仔入咗佢

要去嘅單位先。」

（碰巧那個「女仔」正是要去工作室的援交少女細卷。）

（私家偵探提過郭鳴及外賣員的電話通訊紀錄，都沒有發現二人的通話，他估計可能事後被他們刪去或有另一部電話。）

「郭鳴等咗六、七分鐘，聽到轉角嘅大廈正門『呼』咗一聲，正想去睇下發生咩事，個女仔就喺後門出咗嚟，佢就即刻衝上樓梯。佢戴定手套入去工作室，見到裡面啲嘢亂晒，阿虎唔喺度，然後聽到樓下有啲人聲，佢望出街，就見到佢攤咗喺下面，有幾個人圍住，嗰下『呼』嘅一聲，應該就係阿虎跌落街嘅聲。再後尾睇新聞先知殺出個程咬金，有人早一步殺咗佢。」

黃叔叔說完殺人計劃與過程，向我說：「加兒，我搵人殺你細佬，你唔會怪我吖嘛？」

我本想說「你都殺咗佢，怪你又點？」但我知道有些話不適合在這個場合說，於是我保持沉默。

「偵探先生，成件事就喺咁喇，仲有冇嘢想知吖？」黃叔叔問。

「同我推理嘅差唔多，不過有幾樣嘢諗唔通，第一，點解會搵外賣員去參與計劃？第二，點解要搵個咁出名嘅郭鳴落手？咁樣好

易俾人認得出。而且佢唔係職業殺手，行動嘅時候好易出錯，會留低證據甚至俾人反殺，要搵個殺手應該唔難，甚至搵我徒弟去都仲好啲；第三，大可以叫外賣員毀滅證據同時殺人，唔使有咁多變數。」

「我答咗你第三個問題先，我本來安排個外賣仔一次過搞掂晒，乾手淨腳，不過佢就臨時縮沙，唔敢殺人，我先叫郭鳴去。第二個問題，你徒弟話佢只係中間人，唔會孭條殺人罪，咁我即刻諗起郭鳴，佢係我最信得過嘅人。」

　　他呷了一口茶，又説：「喺答第一個問題之前，我想問下郭鳴同個外賣仔係咪喺你手上？」

「係。」私家偵探回答。

「生定死呀？」

「郭鳴死咗，外賣員未。」

「咁我講咗出嚟，會害死埋個外賣仔……我本來想唔答，不過我諗就算你想放過佢，松哥都唔肯啦，」黃叔叔望向我，「你咪問過我識唔識得書法家任竹修嘅？其實我識佢㗎。」

　　我呆了一呆，為甚麼無緣無故提起他呢？「咁點解你要話唔

識佢？」

　　黃叔叔只道：「松哥間書房嘅書法，寫咗啲咩字？」

「千磨萬擊還堅勁，任爾東西南北風……啊，任爾東！」

「任爾東同任竹修係兩父子？」私家偵探問。

　　黃叔叔搖一搖頭。「母子。」

　　私家偵探點一點頭。「咁我明喇。」

「你明咩呀？」我問。

「明白點解黃生要搵任爾東先生參與呢件事，因為要佢納投名狀。」

「《投名狀》？嗰部電影？」

「你呢啲讀番書嘅唔識㗎喇，」黃叔叔說，「喺古代，要加入一個非法組織，例如山賊強盜，就要殺一個人，攞佢個人頭返去見首領，以示忠心，呢個就係納『投名狀』，我諗用意係個首領就唔使驚佢係官府派嚟嘅內鬼，或者有咗呢個新人嘅痛腳，佢就唔敢背叛。」

（我馬上想到，黃叔叔要郭鳴去殺人，不是因為他是心複，而是叫他納投名狀。）

黃叔叔繼續說，他前一晚跟我吃飯時，說回鄉探親是假的，其實是找任竹修。任竹修多年前是內地有名的書法老師，爸爸在我小學時，想邀請她來港私人教我書法，可是我當時像所有香港小孩一樣，一星期七天都要上興趣班，累得要死，又沒有時間玩耍，大發脾氣，爸爸不敢得罪我這個心肝寶貝便擱置了。

（我曾經為了不想上密集的興趣班，發過不下百次脾氣，所以對拒絕過上書法班沒有深刻印象。）

任竹修當不上我老師，但爸爸依然邀請她一星期來港一日，教他和黃叔叔書法。當時的有錢人接近十成都沒有受過高等教育，甚至小學都未畢業，每當出席富豪聚會或慈善舞會，都偏愛即席揮毫潑墨一番，留下墨寶，表面上聊以助慶，實際是學歷低微的自卑心態作祟，刻意顯示自己有文化。

（偏偏高學歷的人要卑躬屈膝，為學歷低的人打一世工，真諷刺。）

慢慢，任竹修由教爸爸和黃叔叔書法，變成只教爸爸一人，再由一星期來港一次變成三日，因為她成為了爸爸的情人，更懷有身孕。她十分保守，接受不了如此荒唐的愛情關係，拒絕接受

爸爸的照顧，從不要爸爸一分一毫，更不願意當第三者（加上弟弟的媽媽，她應該是第四者才對），其後留下「千磨萬擊還堅勁，任爾東西南北風」的墨寶作臨別禮物後，便提出與爸爸分手，帶同兒子任爾東回到故鄉。

「松哥恨仔恨到發燒，加上佢話成世人只係對三個女人真心，就係阿嫂、阿虎個老母同埋任竹修。佢返去鄉下想同任竹修箍煲，順便認返個仔，點知任竹修話個仔唔係松哥嘅，係同佢一個青梅竹馬嘅舊同學生嘅，仲帶埋個契家佬出嚟見佢，松哥就梗係熮過辣雞啦，話以後恩斷義絕。

我之後有返去見過任竹修，問佢係咪作故仔嚟激松哥，任爾東其實就係佢同松哥嘅仔，佢就叫我唔好再提。咁我就明晒啦，佢梗係嬲松哥唔畀佢坐正，扭屎忽花，總之啲女人又姣又怕痛，真係麻煩。松哥又係嘅，嬲到個人失晒理性，一睇知個女人昆佢啦。不過咁都好，如果唔係我都冇任爾東呢隻棋嚟爭佢公司。」

（我很討厭任竹修介入爸爸媽媽的婚姻，但作為女人，我恨不得當場痛罵不尊重女人的黃叔叔。）

「我幾個月前返鄉下同任竹修講，想帶佢個仔見下松哥，因為松哥就嚟唔得，其實我係想迷任爾東入局，但係佢話一早同個仔講佢老豆死咗，仲話任爾東去咗香港做嘢。我就返香港用佢老母嘅朋友身分見任爾東，佢見到我就喊住話俾人屈佢偷嘢好唔開心，

又話啲生意唔掂，仲叫我唔好話畀任竹修聽，唔想佢擔心。佢生活咁艱難就唔晒喇，呢種人為錢乜都肯做。我開門見山同佢講，佢老豆就係松哥，只要同我合作，佢就可以得到松哥間公司。」

（如果黃叔叔說的都是真話，那外賣員說遭貴利成禁錮等等都是謊言，大概又是徒弟給他的「劇本」。）

「咁你有冇同任爾東先生同松哥做親子鑑定？」私家偵探問。

「我買通咗美國嗰邊嘅醫院職員，偷松哥啲 DNA 資料，一到手就可以做，不過依家已經都冇咁嘅必要，佢有份殺阿虎，我諗松哥唔會放過佢。我乜都講晒喇喎，阿宙，松哥會點處置我呀？」黃叔叔問。

「你唔使心急，貝生自然會決定。」保鑣宙哥說。

「我估都係得兩條路啫，一係殺咗我，一係將呢條會議片同偵探先生搵到嘅料交畀警察，不過呢，要殺我唔係咁易，我啲保鑣雖然冇宙哥嗰啲咁醒，但係重賞之下必有勇夫，打起上嚟，哈哈，邊個死都未知。你搞場大龍鳳都唔親自去我屋企捉我，都係唔想硬碰硬啫，我有冇講錯呀阿宙？至於啲警察我更加唔放在眼內，只有窮人先怕法律。」

黃叔叔看看手錶。「就快天光，大家都要唞喇，加兒，記得

盡快送我個仔返嚟呀。」說罷便下線。

「小姐，黃生個仔唔放得住，」保鑣宙哥説，「我要問過貝生先。」

「我話放就放，阿爸要怪就怪我，同埋件事都同佢冇關，阿爸要你殺有份殺細佬嘅人啫，你咪去殺個外賣仔同黃叔叔囉。」

「宙哥，我要問嘅人都問晒喇，」私家偵探説，「我要返去偵探社整理下啲審問資料，睇下仲有冇其他疑點，之後會畀份報告貝生，至於我徒弟，我都冇嘢要問佢……其實佢都係受人指使，如果可以嘅話，希望你放過佢。」

「如果你係我，」保鑣宙哥拍一拍私家偵探的肩膀，「你又會唔會放過佢呀？」

　　私家偵探無言以對。

　　我、保鑣宙哥和私家偵探步入電梯，經過二十九樓時，那裡已經清空。

「宙哥，啲人呢？」我問。

「我啲手下會送佢哋走。」

「送佢哋去邊呀？」

保鑣宙哥沒有說話。

私家偵探也沒有說話，只看着外邊開始發亮的天空出神。

莫非爸爸真的怕所有涉事人會報警，統統要死？也包括私家偵探嗎？

來到地下，見一個又一個涉事人被保鑣推上各部客貨車內。他們會被送去哪裡呢？

我特別留意剛上車的任爾東，如果他是我弟弟，爸爸會不會放過他呢？

我們三人步出電梯，一部黑色客貨車正好駛入地盤，同時一個在地盤入口把守的保鑣迎面而上，向保鑣宙哥説貴利成及徒弟已經帶來。

保鑣宙哥吩咐一個保鑣陪我到不遠處的一部泥頭車後面等待，以免我被貴利成及徒弟看見，然後走近黑色客貨車。側門打開，兩個人戴着頭套及反綁雙手的男人被推下車，我從衣服得知其中一人是貴利成，另一人就是徒弟了。我伸出頭偷看，想看看徒弟的廬山真面目。

保鑣宙哥正要掀開他們的頭套，我看到一部停在泥頭車旁的白色客貨車後門打開，一個保鑣掩着鮮血狂飆的頸動脈滾出車廂，隨後一個男人執住一把鎅刀，悄悄溜出，伏在地面，爬向另一邊的緊急出口。

他是職業殺手！

大概是他不知在地盤哪個角落找到鎅刀並藏起，割開反綁的繩索再襲擊看守他的保鑣，然後伺機逃走。

我身旁的保鑣見狀，馬上拔槍，但職業殺手一個箭步上前，一刀割破他咽喉。

職業殺手向我做個別作聲的手勢，但我已本能地尖叫起來，他連忙向我手起刀落，但手剛抬起，已被趕來的保鑣宙哥一槍爆頭。

保鑣宙哥確定我沒有受傷，四個保鑣便前後左右包圍着我，護送我走向我的房車。

「架貨 Van 呢？」保鑣宙哥失聲大叫。

黑色客貨車不見了，私家偵探也不見了。

保鑣宙哥環顧四周,再想了一想。「中計!」

他走向貴利成和徒弟,掀起他們的頭套,卻是兩個保鑣。

「你哋仲企 L 晒喺度,」保鑣宙哥一巴掌打在剛好在他身旁的倒楣手下,「仲唔快 L 啲去追!你哋班友食屎㗎!」一眾手下連忙開車離開地盤。

保鑣宙哥駕車送我走,後方有一輛客貨車跟隨,車上是黃叔叔的兒子。

我上車後通知黃叔叔,正在送他兒子到他別墅附近的迴旋處,叫他派人來。

「宙哥,頭先發生咩事呀?」我問。

保鑣宙哥估計,徒弟與貴利成制服了兩個押送他們的保鑣,對換衣服,再趁職業殺手發難救走私家偵探。

「宙哥,阿爸係咪叫你殺晒啲人呀?」我又問。

「不如你去到美國問貝生啦。」保鑣宙哥說。

也好,反正我有很多問題要問爸爸。

「小姐，點解你要咁堅持送黃生個仔返去呢？」

「唔好咁多事，」我面色一沉，「揸你嘅車。」

　　保鑣宙哥盡忠職守，又救過我，我不應該對他如此無禮，不過他真的太多事。

　　到了迴旋處外的兩個街口，保鑣宙哥停車，後面的客貨車繼續前行，到了迴旋處車上的保鑣便把黃叔叔的兒子推下車，然後離開。黃叔叔在四周埋伏的十多個手下跑出來，扶起他兒子。

　　我見任務完成，便叫保鑣宙哥送我回家。

　　回到別墅，一夜沒睡的我竟然沒有半分睡意，只感飢腸轆轆，便慣性地拿出電話，按下 Fast Paced 應用程式，點了一個早餐。我洗澡後不久，Fast Paced 的外賣員來到，被門外的保鑣全身上下搜了一遍，工人才接過食物，放在餐桌上。我看到食物紙袋的封條印有郭鳴的肖像，忍不住大哭一場。

　　我撕開封條，隨即想起那場驚心動魄的外賣殺人事件，恐怕有人在食物中加入安眠藥，只覺一陣反胃，吃不下去，只叫工人幫我翻熱牛奶，喝了幾口就啟程去機場。

　　保鑣宙哥送我入機場禁區後，他便如釋重負，伸了大懶腰和

打了長長的呵欠。

上機後,我趁起飛前打電話給爸爸。「阿爸,我上咗機喇。」

「辛苦你喇,搞到你成晚冇瞓,你要好好休息。」

「你都休息下啦,係呀,你請返嚟嗰個私家偵探唔見咗呀。」

「係咩?冇所謂啦,我想知道嘅嘢都知道晒喇。」

如果私家偵探真的被徒弟救走了,應該不會回偵探社整理資料再向爸爸匯報審問情況,莫非是保鑣宙哥告訴爸爸的?我想問他如何得知時,他就說醫生要巡房,掛了線。

起飛後,我還是全無睡意,便找些歌來聽,在歌單上看到弟弟喜歡的樂隊 Nirvana。簡介指 Nirvana 成立於 1987 年(我還未出生),音樂風格為「頹廢搖滾」,1994 年主音兼靈魂人物 Kurt Cobain 因吸毒過度一度昏迷,之後吞槍自殺,死時只有二十七歲。

我聽了幾首 Nirvana 的歌,內容大多圍繞死亡、濫藥、社會控訴、性愛、幻覺、心靈創傷等,越聽越不舒服,為甚麼弟弟會對 Nirvana 如此沉迷?或許是因為他成長於單親家庭,欠缺父愛,形成扭曲的心理。

我開始有些擔心。

我不想再聽，便找電影看，發現與初戀男朋友第一套看的電影《滿城盡帶黃金甲》，便按下「播放」。當時覺得那電影場面太過浮誇，爭奪皇位的劇情老套不堪，觀看時呵欠連連，但現在重看卻非常震撼，特別是周潤發飾演的皇帝把逼宮奪權的兒子活生生鞭死，令我打了幾個寒噤。

過了十多小時，飛機降落，一出禁區，便看到媽媽來接機，她身前身後有八個穿黑色西裝的男人，有黑人、白人及華人。他們一定是保鑣了。

來到停車場 VIP 車位，停了一黑一白的房車。媽媽我和坐上黑色房車後座，司機是白人，坐他身邊的保鑣是黑人。我明白媽媽為何選坐這輛車，因為二人都聽不懂廣東話。

她有話要跟我私下說。

「我覺得你阿爸有啲唔妥。」車上媽媽向我說。

「佢身體係咪有啲咩事呀？」我十分擔心。

媽媽搖搖頭。「我係話佢嗲日除咗醫生同律師，就唔畀人入去，連我都係入過去兩次咋，唔知咩事呢？仲有呀，佢今朝仲換

咗醫院。」

　　難怪房車離開高速公路後，不是向之前的方向行駛。「點解嘅？」

「唔知呀，我問佢咩事佢都唔肯講，佢好少咁㗎。」

「我知喇，可能阿爸要同宙哥同偵探先生傾電話。」

「阿宙同佢個私家偵探？佢哋有咩同你阿爸傾呀？」

「細佬俾人殺咗，佢哋幫手搵個真兇。」

「吓？你阿爸冇同我講過喎！」

　　我將審問經過及調查結果向媽媽娓娓道來。

「點解咁重要嘅嘢你阿爸都唔同我講嘅？」媽媽一臉疑慮。

「阿媽，你唔使咁緊張，應該冇嘢嘅。」

「望就咁望啦，我幾十歲人，有咩事唔緊要呀，我係擔心你咋。」

「放心啦，我唔會有事㗎。」

「你阿爸噚日間過我你有冇拍拖，我講咗畀佢聽。」

「咁你有冇講係邊個呀？」

　　媽媽點點頭。「你知佢好緊張你，我唔想呃佢，你唔好怪阿媽呀。」

「我應該一早同阿爸講，佢成日都想我快啲嫁人同抱孫，」我抱住她，「講啲嘢畀你聽吖，黃叔叔約我食飯，話要撮合我同佢個仔，但係佢個仔又肥又唔靚仔，我先唔會揀佢呀。」

「加兒，你阿爸都唔靚仔啦，但係佢對我好，揀老公都係想搵個錫自己㗎咋。」

「阿爸除咗細佬個阿媽同任竹修，仲有冇其他女人？」

「點會冇吖，不過都係逢場作興啫。」

「阿爸出面咁多女人，點解你可以當冇嘢？」

「我咪講過囉，佢識得返屋企咪得囉。」

　　我絕對不會容許只是「識得返屋企」的老公。

「你搵到同你阿爸做手術個專家未呀？」媽媽問。

「我搵咗佢好多次，但係都係冇人聽，之後仲打唔通添，唔知佢係咪出咗事呢？」

「會唔會係你阿爸搵人去截住佢呀？你知你阿爸疑心幾大㗎啦，成日開口埋口話冇人信得過。」

「咁都冇理由連醫生都信唔過啫。」

「我哋一陣問清楚佢。」

「你有冇見過任竹修呀？」我又問。

「見過一次，你細個嗰時你阿爸帶過佢返屋企，想佢做你書法老師。」

「咁佢同阿爸生嘅仔，你有冇見過呀？」

「冇，淨係聽你阿爸提過下，仲話好後悔拋棄咗佢哋兩母子。」

「係個女人拋棄阿爸，佢喺鄉下跟咗第二個男人，雖然黃叔叔估係一場誤會，不過我就覺得係個女人知道自己冇得坐正先走。」

「你黃叔叔估得冇錯,你阿爸搵咗私家偵探返去查過,話任竹修個舊同學有老婆,只係好心收留嗰兩母子。」

私家偵探提過,他第一次與爸爸合作就是去調查一個人,這人就是任竹修吧。

「咁既然冇嘢,點解阿爸唔接返個女人返嚟?」

「因為私家偵探又查到,嗰個男人之後離咗婚,同任竹修一齊。你阿爸明知自己畀唔到幸福人哋,咪由得佢留返喺鄉下囉,你阿爸仲暗中每個月畀錢嗰個男人,養大任竹修個仔,直到佢十八歲。雖然你阿爸乜都講錢,其實佢心地好好㗎,佢知道私家偵探想送個仔去英國讀書,就出錢出力幫佢;佢老婆有絕症,又幫佢搵醫生同畀埋醫藥費,到佢老婆去咗,仲負責埋殯葬費㗎。」

我一直以為爸爸用私家偵探的兒子威脅他幫自己做事,原來是私家偵探知恩圖報,我真是小人之心。

「以你對阿爸嘅認識,佢會唔會殺死私家偵探呀?」

「應該唔會啩,又唔係嗰,你阿爸為佢唔畀件事傳開去,都有可能。」

到了醫院,我帶着黃叔叔託我帶給爸爸的茶葉·與媽媽去爸

爸的病房，碰巧醫生來為爸爸檢查，我倆便在外邊等候。一個裝扮淡雅的中年女人坐在病房對面的梳化，看到我們便站起，走近我們。

她面上有明顯的皺紋，頭髮花白，五官不算精緻，但流露出的秀氣與儒雅，比年輕女子都耀眼。

「請問係咪貝太同貝家千金呀？」秀氣女子說。

媽媽向她點一點頭。「啊，任老師，差啲唔認得你。」

「貝太，好耐冇見。貝小姐，幸會，我係任竹修，你爸爸嘅朋友。」

當知道她就是那個賤女人，我對她的好感蕩然無存。我完全沒有預計會遇到「傳說中」的她，更不會想到我們會在這裡相遇，當下不知如何反應。

「貝小姐，我想私下同你講啲嘢，唔知方唔方便呢？」任竹修說。

「我好劫，唔係好想講嘢。」我不屑跟她說話。

「係貝生叫我同你交代啲嘢。」

一聽到是爸爸的吩咐，媽媽便向我使眼色，叫我答應。

任竹修走向走廊的一端，我無奈跟了上去。

「有咩快啲講。」

「係貝生叫我嚟探佢，話想臨死之前見下我，佢話你已經知道我哋嘅關係。」

爸爸怎會知道？保鑣宙哥説的嗎？

「咁又點呀？」

「我首先想同你講聲對唔住，我冇心介入貝生嘅婚姻，」她躬一躬身，給我一張支票，「同埋麻煩你畀返貝生，佢啲錢我唔會收。」

我沒有伸手去接。「阿爸畀你咪要囉，你畀我都係撕爛咋。」

她只好收回支票。「貝生同我講咗，我個仔阿東有份殺你嘅細佬，希望你可以放過佢。」

「放唔放過佢唔到我話事，你要求就求阿爸。」

「貝生已經打算放過佢，不過你哋嘅保鑣同貝生講，阿東唔見咗。」

「唔見咗?點解會咁㗎?」我愕一愕然,「你唔係覺得係我收埋佢呀?」

「我唔係咁嘅意思,我係話如果你見到佢,請你手下留情。」

「手咩下留情呀,我真係唔知你講乜嘅,我一直都冇諗過殺佢,我個細佬都唔同阿媽生嘅,我同佢冇感情,我唔會幫佢報仇囉。」

　　她以似有所指的眼神懇求我,我以不明所以的眼神回報,不過很快就明白她說甚麼。

「其實有樣嘢連貝生都唔知,」任竹修猶豫了片刻才說,「我自己都唔知阿東係唔係我同貝生嘅。我同貝生一齊嘅時候,同時喺鄉下同個青梅竹馬舊同學一齊,佢係一個好好嘅男人,甚至比貝生對我更好,所以我先會離開貝生,希望你唔好同貝生講。」

　　我聽到如此錯綜複雜的關係,登時腦中亂作一團。「咁你又同我講?」

「因為阿東有機會唔係你細佬,所以請你做下好心。」

　　我此時才完全弄清楚為何她要我放過任爾東。

　　爸爸一定跟她說了些甚麼。

外賣殺人事件

Food Delivery Murder

FAST PACED搜尋

醫生為爸爸檢查後，叫我獨自進病房，爸爸有話要跟我一個人說。

我推開房門，見爸爸坐在床上，床頭櫃有一部手提電腦。

他一見到我就笑了。

小時候，每當爸爸下班回家，總是第一時間抱起我，問：「加兒有冇掛住爸爸呀？」不論我真誠地回答「有」或開玩笑地說「冇」，他都笑個不停。

此刻他也問我同一個問題，但我傷心得說不出話。他比上次見面時消瘦許多，最貼切的形容就是「皮包骨」。我心很痛，衝上去撲入他懷裡大哭。「阿爸，你唔好死呀，我好唔捨得你呀。」

「人生七十古來稀，就算我依家死，都賺咗十幾年啦，」他望一望我手中的茶葉，「我鄉下嘅特產喎，一定係老黃畀我嘅，佢真係有我心，一陣沖畀我飲。」

「醫生同你檢查完，佢有冇講啲咩呀？」我拭去淚水。

「之前醫生話我有三個月命，但係啲癌細胞擴展得好快，佢都唔敢講我仲擺得幾耐。」

「不如我再搵一個專家嚟吖？之前嗰個聯絡唔到，唔知去咗邊。」

「唔使搵喇，係我叫佢唔使嚟嘅。」

「點解呀？」

「我諗你已經知道任竹修同任爾東係邊個啦？」

「阿媽都講咗畀我知。」

「我住喺上一間醫院嘅時候，院長同我講有個職員趁資料室冇人，入去偷咗我啲資料，俾人發現咗，醫院報警拉咗佢，嗰個職員俾啲警察問多幾問，就話係香港一個男人收買佢嘅，呢個男人就係偵探先生嘅徒弟，啲資料係攞嚟同任爾東做親子鑑定。阿宙同我講，佢徒弟幫緊老黃做嘢。你都知啦，老黃一直都想同我合作搞地產，我就一直推佢，所以佢就諗計想藉任爾東食咗我間公司。」

　　爸爸問過律師，就算法律上他不承認與任爾東為父子關係，但只要是有血緣關係的父子，加上爸爸承認這段關係以及曾經撫養任爾東，任爾東也可以循法律途徑得到公司繼承權及爭奪財產。

「我半年前立咗份遺囑，我死後任爾東會以我個仔嘅名義得到一億，律師話咁就等同我承認同佢係父子，要解決唔難，只要改遺囑就得，最麻煩嘅係我同佢嘅血緣關係同曾經撫養過佢，仲要

有人證物證證明我同任竹修一齊過。」

　　最重要的人證當然就是幕後老闆黃叔叔了。

「雖然我立嘅遺囑唔會畀任爾東得到公司任何股份，但係老黃有咗任爾東呢隻棋，就增加咗對付嘅籌碼。不過有籌碼仲未夠，我一日唔死，公司都仲係我嘅，冇人可以郁到啲股份。」

「即係話黃叔叔想殺咗你？」

「我本來都諗唔到咁多年兄弟，佢會做到咁絕，記得同佢啱啱嚟香港嗰陣互相照應，又話當我係親生大佬，一杯茶兩份飲……」爸爸看着我手中的茶葉，深深嘆息，「佢搵得人偷我啲資料，我就諗到佢會有下一步，就係殺我，但係佢冇理由搵個殺手入嚟醫院，一來我有咁多保鑣，烏蠅都飛唔到入嚟，二來會驚動到警察，查起上嚟佢就一身蟻，所以唯一殺我又唔會惹人懷疑嘅方法，就係喺做手術嘅時候發生意外。所以話呢，兄弟可以共患難，唔可以共富貴。」

「你話佢收買咗我搵嗰個專家？」

　　爸爸點一點頭。「我搵人查過個專家屋企，有成五千萬美金現金，所以我就派人喺機場夾走佢。之後佢認咗有人收買佢，而畀錢佢嘅人，就係你男朋友郭鳴。佢同老黃行得好埋，唔使問阿

貴都知係老黃指使佢㗎啦，」爸爸摸摸我的頭，「我當初反對郭鳴做公司嘅代言人，係因為我睇得出你對佢有意思，怕你會俾愛情蒙蔽，做咗錯誤嘅決定。我做咗幾十年人，你瞞唔過我雙眼嘅。」

「其實我嗰時同佢冇嘢㗎，真係一心想改變公司嘅形象，係近半年先同佢一齊。阿爸，我有樣嘢一直冇同你講，其實我去美國讀書嗰陣同佢拍過拖，後來分咗手。」

　　郭鳴是我地下情人，也是初戀情人。

「如果你一早講我知，我會叫阿宙唔好殺佢。」

「你係咪知道咗審問嘅內容喇？」

「你嚟之前已經知道晒喇。」

「係偵探先生定宙哥同你講㗎？」

「總之我有辦法知道啦。」

「其實唔關宙哥事，係郭鳴突然衝埋嚟，宙哥驚我有事先開槍。」我很後悔當時沒有遵守私家偵探不要開口的協定，刺激到郭鳴，我是害死他的罪魁禍首。「你係咪打算殺晒審問過嘅人？」我續問。

「佢哋唔死會好麻煩。」

「但係個看更同個援交妹無辜㗎！仲有偵探先生呢，你係咪想連佢都殺埋呀？」

「加兒，你仲細，未俾人出賣過，唔知道有邊個會害你，唔想俾人害，就要先下手為強。」

「做人係咪一定要咁㗎？」

「記住呀，呢個世界上冇人信得過。」

「咁我同阿媽呢？」

「除咗你哋囉。」

他從抽屜取出兩份遺囑，先給我看半年前訂立的，正如黃叔叔收到的消息，我與弟弟平分公司股權。

「呢一份，」他指向前一天簽署的新遺囑，「係我叫律師漏夜飛過嚟畀我簽嘅。」

遺囑訂明，我將擁有百分百公司股權，同時由我及媽媽繼承各一半遺產，而弟弟可得到每月不少於一萬美元的生活費，分配

人是我。

「阿爸，點解你將公司交晒畀我呀，咁細佬呢？」

「我一直都重男輕女，不過到咗得返唔係好多日命就突然醒晒，由始至終，你先係承繼公司嘅最佳人選，你亦係我呢生最愛嘅人，甚至仲多過你阿媽，我啲嘢唔畀你仲可以畀邊個吖？而且將公司交畀阿虎，佢都唔會開心啦，不如每個月畀錢佢做啲自己鍾意做嘅嘢。」

「阿爸……其實我有啲想同你講。」我忍不住熱淚盈眶。

「我知你想講乜，但係你唔使講喇。」爸爸雙眼通紅。

　　我早該想到很多事都瞞不過爸爸，但我又偏偏蠢得做出對他不起的事。

　　其實策劃殺死弟弟的幕後老闆不只黃叔叔，還有我。

　　我與黃叔叔合謀第二天因舞台積水令弟弟跌落台，而他卻偷步行動，事前我全不知情，因為我向他再三強調計劃不可以有半點差錯，任何一方都不可以擅自行動，大概是他怕我反對，甚或根本不放我在眼內，便不向我交代。

事實證明我的擔心很合理。

黃叔叔希望與我合作投地皮，但我們知道爸爸很大機會將公司分一半給弟弟，所以我便介紹郭鳴給他，表面上是當他代言人，實際上是當我們的中間人。

以爸爸與黃叔叔的關係，他又怎會不知道老謀深算的黃叔叔，不會輕易相信陌生人郭鳴？除非是由我介紹。

如果爸爸要殺黃叔叔為弟弟報仇，我也理應要死。

當我知道任爾東是我弟弟，我想他死很合理，因為他會成為爭奪公司的最大威脅，所以任竹修才會叫我手下留情。

黃叔叔一直不告知我任爾東的身分，大概是擔心我得到公司後會反口，不跟他合作，所以便留有後着。

我信錯黃叔叔，黃叔叔也信錯我。我有事瞞着他。

我早想到很多事都瞞不過爸爸，所以不得不做出對不起他的事。

爸爸冤枉了黃叔叔，收買專家殺死爸爸的人是我。

可是我不是完全為了獨吞公司才這樣做。專家説過就算手術成功，爸爸也捱不過半年，甚至更短，我不想爸爸繼續受苦，不如忍痛讓他離開得舒服一些，媽媽亦認同。

可是計劃還是被爸爸破壞了。

「講真吖，當我諗到真相，我真係好嬲，」爸爸輕撫我的頭，「嬲到想⋯⋯」

「嬲到想殺咗我。」我接話。

「不過阿虎嘅死，勉強都算係個意外，要怪就怪個天啦。」

「無論點都好，我咁衰⋯⋯」我的眼淚滑下，「我覺得我已經冇資格繼承公司，我會退出公司。」

「你退出，我成世人嘅心血就冇晒，你當為咗我又好，將功補過又好，你留返喺公司啦。」

「其實除咗我，仲有人可以繼承公司。」

「你話任爾東？」

我搖一搖頭。

外賣殺人事件

Food Delivery Murder

FAST PACED搜尋

之後，爸爸決定不做手術，只希望我和媽媽陪他走完人生最後幾個月。

奇蹟地，爸爸七個月後才安詳離世，可能是他有了生存的盼望。

七個月以來，我除了回香港認領弟弟的遺體以及辦理必須辦的事，其餘日子都在美國，保鑣宙哥向我匯報審問後的後續行動。

他說，所有涉事人都殺了，除了私家偵探、貴利成和任爾東，因為三人失蹤了。「私家偵探同貴利成應該俾佢徒弟救走咗，而任爾東嗰日明明俾我哋人推咗上部車，但轉個頭就連人影都冇。」

保鑣宙哥動用大量人力物力追蹤三人，但仍找不到，可能是逃到了外地，黃叔叔就在審問的第二天向外公布，兒子陪他回鄉養老，公司一切事務交給副主席處理。

不過保鑣宙哥派人查過，他和兒子根本不在家鄉。

七個月後，我和媽媽帶着爸爸的骨灰回到香港，安葬後我便正式執掌公司，不過我向爸爸說好，我只會暫代主席十八年。

一天早上，我穿着高跟鞋回到公司，一個男人坐在大堂的梳化，見到我便走到我面前。他西裝革履，頭髮梳理得一絲不苟，

一派英國紳士風範。

　　我身旁兩個穿便服的保鑣攔住他，我向他們揚一揚手。「佢係我朋友。」

　　待保鑣退開後，我便向他說：「偵探先生，好耐冇見。」

「貝小姐，好耐冇見，」私家偵探禮貌地向我微微躬身，「我冇通知你就嚟搵你，希望你唔好見怪，可唔可以同你私下傾幾句呀？」

　　我帶他到我辦公室，招呼他坐在我對面。「你嗰日唔見咗，去咗邊呀？」

「我今次嚟，就係想同你講返當日發生嘅事。」

　　當日保鑣宙哥派人送貴利成去新填地街給徒弟，另有多人暗中跟隨，打算生擒徒弟，誰知徒弟早就安排數十人在四周埋伏，救了貴利成，再控制住所有保鑣，迫令其中一個保鑣向保鑣宙哥訛稱已抓住徒弟，那保鑣亦供出了審問地點。

　　徒弟把自己及貴利成的衣服，穿在其中兩個保鑣身上，再押回審問地點，把兩個保鑣推出客貨車引開眾人注意，恰巧職業殺手發難，徒弟便乘亂救走私家偵探。

「你徒弟應該可以追蹤到你電話嘅位置，佢點解唔一早嚟救你？」

「因為宙哥都有反追蹤系統，而且佢唔知道宙哥有幾多人手，唔敢輕舉妄動。」

　　説得對，保鑣宙哥不單人手多，而且有槍。

「其實徒弟可以調到咁多人嚟救我同貴利成，係得到黃啟文先生嘅幫手。」私家偵探説。

「黃叔叔點解會救你嘅？你同佢……」

　　私家偵探擺一擺手。「你唔好誤會，我同佢冇關係，其實嗰日徒弟怕我有事，明明上咗車去深圳，都專登返轉頭叫黃生畀人手佢救人，但係黃生冇理由會救我，所以佢就話會救走外賣員任爾東先生，咁先可以嚟救我同貴利成。之後，我、徒弟同貴利成去咗第二度避風頭。」

「咁任爾東呢？」

「我徒弟交咗佢畀黃生。」

　　私家偵探從棕色皮革公事包取出一份文件，交到我手中。這是任爾東與爸爸的親子鑑定報告副本，證實二人是親生父子。

「呢份報告我喺美國一間醫院攞到,係黃生叫人做嘅,即係話佢好可能會嚟同你爭公司。我估計公司嘅繼承權冇任爾東份,不過以黃生嘅財力同手段,話唔埋可以令任爾東分到股份,仲有就係貝生已經唔喺度,最壞嘅情況就係連你都趕走埋,所以好心嚟提醒下你。」

「點解你要幫我呀?」

「我受過貝生嘅恩惠,當係報恩。」

　　私家偵探再給我幾張觀鳥用品店的賬單副本,日期是 2024 年 9 月 8 日,即是審問當天,時間是晚上九點半,購買物品為十三個夜視鏡及四個夜視鏡頭。

「訂呢啲嘢嘅人係宙哥。」

「佢買夜視鏡我知點解吖,但係點解要買夜視鏡頭呢?」

「我要向你道歉,我向你講過大話。我話『審問室』嘅布置係我喺外國情報機構度學返嚟,我只係講咗一半真話,原先嘅設計唔係四周圍都黑灹灹,呢個臨時加落去嘅設計係貝生嘅主意,我事前完全唔知情。之後貝生吩咐,要我將『黑暗中嘅審問』合理化,所以我就呃你,話係用嚟令涉事人『產生出審問者有某種權威或絕對權力嘅錯覺』。」

「點解阿爸要咁做呀？」

「佢冇同我講點解，不過我估，喺度嘅暗位安裝咗四部夜視攝影機，直播成個審問過程畀喺美國嘅貝生睇。」難怪爸爸那麼清楚審問的細節。「而夜視鏡頭，當然唔單只係為咗影光圈裡面嘅人啦。」私家偵探續説。

「係影我同你？」

「應該只係影你。」

　　我想了一想才記起，媽媽説爸爸有一段時間不讓別人進病房，就是要獨自觀看直播或者錄影。

　　我猜，爸爸一早就懷疑我，所以要我「陪同」私家偵探審問，其實在暗中觀察我的反應，而不許我在審問時説話，是以防我向「同謀」傳遞消息。不過爸爸已經不在，這個猜想已沒法得到證實。

「點解你要幫我查呢啲嘢呀？」我問。

「係因為我呃咗你咁耐，想補償返。」

「你徒弟有冇同你講，除咗黃叔叔，其實仲有一個幕後老闆呀？」

「有提過下，不過我唔記得係邊個喇，就算記得都同我無關，我係私家偵探，職責係幫人解決問題，而唔係製造問題。」頓了一頓，他問，「點解唔見宙哥嘅？」

「佢冇做喇，不過佢冇講點解，」保鑣宙哥在前一天幫我完成最後一個任務後便辭職了，「我仲以為你知佢冇做先敢返嚟香港㗎。」

「就算佢仲有做我都唔驚，因為貝生過咗身，你先係佢老闆，除非你想殺我啦。」

「你之後會去邊呀？」

「我個仔畢咗業，喺英國搵到嘢做，仲識咗個女朋友，我諗住喺嗰邊長住。」

「我仲諗住你會嚟幫我手㗎。」

「如果你有嘢要我幫手，可以隨時搵我，我會即刻返嚟，」他給我電話號碼，「其實我徒弟嚹日都返咗嚟香港，打算頂咗我間偵探社嚟做，你有事都可以搵佢。」

　　他正要離開時看看我放在桌上的相架，相中是我與一個男嬰的合照。他掏出一封利是給我。「差啲唔記得，祝你仔仔快高長

大。」

　　他是我和郭鳴的兒子，在爸爸離世前一個月出生，十八年後他會完全繼承公司。

「偵探先生，咁耐冇見，不如我請你食早餐吖。」

「唔使客氣喇，我今次返嚟嘅主要目的係拜下具生，之後就搭飛機去英國，如果你去開嗰邊，我請你食飯，順便見下我個仔，」他望一望我身後，「咦，幅書法幾靚喎。」

「係阿爸臨去之前幫我寫㗎。」

　　書法寫的是「待到秋來九月八，我花開後百花殺」。

　　我只要我的花盛開，其他花都要死。

　　保鑣宙哥幫我完成的最後一個任務就是找出任爾東。他把任爾東塞入麻包袋，然後推進大海，並拍下整個過程再把影片傳送給我。

　　私家偵探離開後，我到了公司附近的餐廳吃東西。弟弟被殺後，我不敢再用外賣平台叫外賣，我不想成為下一個受害者。

餐廳正好播放《滿城盡帶黃金甲》的主題曲《菊花台》,令我想起郭鳴。

審問當日,我跟私家偵探和保鑣宙哥説要上網訂機票,其實是怕郭鳴被抓住,便用短訊通知他爸爸已經知道殺弟弟的計劃,叫他馬上離開香港,並叫他刪除短訊。

他在審問室大叫救命,一定是想我救他。

我已記不清楚當時我大叫起來是擔心他被殺,還是為了不想我是幕後老闆的身分曝光而有心害死他,我只清楚記得審問前的下午,我們在西營盤的酒店房間內為他慶祝生日。

這是我與他一起最後的快樂時光,就算明知他對我的感情只是建築在利益之上,全是虛情假意,但那又如何,我享受就是了。

他答應過我會跟他太太離婚,不過是真是假都好,如果他騙我,我就會用盡方法拆散他們。

我不喜歡與人分享。

他死了或許是最好的結局,起碼我不用擔心他背叛我。

九月,在爸爸生忌當日,媽媽與抱着兒子的我到墳場拜祭。

「叫公公啦。」在爸爸墳前，我向懷中的兒子說。兒子跟我姓貝。

「呢個係你舅父。」我指向弟弟的照片。

爸爸的墳墓旁邊是弟弟的墳墓。爸爸的遺願是兩父子葬在一起。

遠處，一個肥胖的中年男人推着輪椅，往我這邊走來。

「阿嫂，加兒。」輪椅上的黃叔叔說，推輪椅的是他兒子。

「老黃，幾時返嚟㗎？」媽媽問。

「都有個幾禮拜喇，專登返嚟拜松哥。」

「有心喇。」

「我同松哥咁多年兄弟，應該嘅，」黃叔叔彎腰放下一罐鐵觀音茶葉後向我說，「加兒，我公司嘅伙記同你傾嘅合作計劃，考慮成點呀？」

知道他密謀吞併我的公司後，我已經不想與他有任何瓜葛。「唔使考慮，學阿爸話齋，你未夠班。」

媽媽板起臉。「加兒，你點可以咁同黃叔叔講嘢㗎？老黃，唔好意思呀。」

「唔使唔好意思，咁我真係未夠班吖嘛。」黃叔叔大方一笑。

「我諗阿爸唔係好想見到你。」我向黃叔叔下逐客令。

「我哋又見面喇。」此時一把熟悉的聲音響起，轉身看到一個年輕男子走近我。

九月的天氣悶熱得像身處蒸籠，令我汗流浹背，但年輕男子的出現，彷彿令空氣跌至零度，渾身汗水結冰。我四肢冰冷，背脊發涼，幸好女人的動物本能反應叫我收緊全身肌肉，才不致放軟雙臂，否則會摔傷兒子。

我很想向他提出疑問，但半個字也說不出口。我實在太過害怕。

「係咪嚇親你呀？」一身深灰色西裝的年輕男子尷尬地說。

怎會……怎會這樣！

他明明死了！

我下意識退了一步，差點撞到弟弟的墳墓。

「唔好意思呀。」他面露微笑，笑得很詭異。

「你唔使驚，佢唔係鬼，」黃叔叔說，「阿宙殺死嘅人係偵探先生嘅徒弟，佢知道太多嘢喇！」

他又說，保鑣宙哥已經當上他的保鑣主管。

年輕男子扶起我，我感覺到他的體溫，他不是鬼，可是他的一句話，令他比鬼更可怕。

「你冇嘢呀嘛？家姐。」


《外賣殺人事件》
全書完

Delivery

外賣殺人事件
Food Delivery Murder

FAST PACED 搜尋

　　「黑暗中審問」是十多年前構思的短片劇本橋段，主題是當時剛興起的「網絡公審」，人物架構比較簡單，受審者只有一人，其他角色包括審問者以及充當陪審團的一眾網民，屬於以法庭辯論並找出真相為主軸的「法庭派」推理小說類型，但因種種原因劇本未有完成，而終於在 2024 年，透過《外賣殺人事件》用另一形式及內容發表，算是還了心願。

　　《外賣殺人事件》探討的是在注重私隱及網絡安全的年代，不少人卻因貪一時之便而「自投羅網」，主動向網上平台洩露個人訊息的不智行為。故事當然是虛構的，不過難保真的有人會利用別人的愚昧而犯罪。衷心希望讀者不要「抄橋」作不法勾當，反之引以為鑑，在享受科技帶來便利的同時亦要提高警惕。

　　另外，故事中提到的 Nirvana 是我非常喜歡的搖滾樂隊，特別推介他們翻唱的作品《Where did you sleep last night》，主音 Kurt Cobain 嘶啞的唱腔有如瘋狂吶喊，失意時傾聽很有感覺，彷彿有人代為宣洩。

外賣殺人事件
Food Delivery Murder

*My girl, my girl, don't lie to me*
*Tell me where did you sleep last night?*

大家若有鬱悶，不妨藉以盡情發洩，效果奇佳。

艾石克

點子出版
IDEA PUBLICATION

# 外賣殺人事件

## Food Delivery Murder

| | |
|---|---|
| 作者 | 艾石克 |
| 責任編輯 | 陳婉婷 |
| 美術設計 | 陳希頤 |
| 製作 | 點子出版 |
| 出版 | 點子出版 |
| 地址 | 荃灣海盛路 11 號 One MidTown 13 樓 20 室 |
| 查詢 | info@idea-publication.com |
| 印刷 | 海洋印務有限公司 |
| 地址 | 黃竹坑道 40 號貴寶工業大廈 7 樓 A 室 |
| 查詢 | 2819 5112 |
| 發行 | 泛華發行代理有限公司 |
| 地址 | 將軍澳工業邨駿昌街 7 號 2 樓 |
| 查詢 | gccd@singtaonewscorp.com |
| 出版日期 | 2024 年 7 月 17 日 |
| 國際書碼 | 978-988-70116-9-9 |
| 定價 | $98 |

# Food
# Delivery
# Murder

外賣殺人事件